CB081906

Roxo calmo, amarelo tranquilo & outras crônicas

EDITOR
Marcos Marcionilo

CONSELHO EDITORIAL
Alexandre Cadilhe [UFJF]
Ana Elisa Ribeiro [CEFET-MG]
Ana Stahl Zilles [Unisinos]
Carlos Alberto Faraco [UFPR]
Celso Ferrarezi Jr. [UNIFAL]
Egon de Oliveira Rangel [PUC-SP]
Henrique Monteagudo [Universidade de Santiago de Compostela]
José Ribamar Lopes Batista Jr. [UFPI/CTF/LPT]
Kanavillil Rajagopalan [Unicamp]
Marcos Bagno [UnB]
Maria Marta Pereira Scherre [UFES]
Roberto Mulinacci [Universidade de Bolonha]
Roxane Rojo [UNICAMP]
Salma Tannus Muchail [PUC-SP]
Sírio Possenti [UNICAMP]
Stella Maris Bortoni-Ricardo [UnB]
Tommaso Raso [UFMG]
Vera Lúcia Menezes de Oliveira e Paiva [UFMG/CNPq]

Ana Elisa Ribeiro

Roxo calmo, amarelo tranquilo & outras crônicas

parábola

Direção: Andréia Custódio
Capa e diagramação: Telma Custódio
Preparação: Thiago Zilio Passerini
Revisão: Silvana Cobucci

CIP-BRASIL. CATALOGAÇÃO NA FONTE
SINDICATO NACIONAL DOS EDITORES DE LIVROS, RJ

Gabriela Faray Ferreira Lopes - Bibliotecária - CRB-7/6643

R367r

Ribeiro, Ana Elisa, 1975-
Roxo calmo, amarelo tranquilo & outras crônicas / Ana Elisa Ribeiro. - 1. ed. -São Paulo : Parábola, 2025.
80 p. ; 21 cm.

Inclui: Caderno de sugestões
ISBN 978-85-7934-371-1

1. Crônicas brasileiras. I. Título.

25-97095.0 CDD: B869.8
CDU: 82-94(81)

Direitos reservados à
PARÁBOLA EDITORIAL
Rua Dr. Mário Vicente, 394 - Ipiranga
04270-000 São Paulo, SP
[11] 5061-9262 [11] 98763-3590
www.parabolaeditorial.com.br
parabola@parabolaeditorial.com.br

Todos os direitos reservados. Nenhuma parte desta obra pode ser reproduzida ou transmitida por qualquer forma e/ou quaisquer meios (eletrônico ou mecânico, incluindo fotocópia e gravação) ou arquivada em qualquer sistema ou banco de dados sem permissão por escrito da Parábola Editorial Ltda.

ISBN: 978-85-7934-371-1
978-85-7934-372-8 [ebook]

© 2025 by Ana Elisa Ribeiro
© da edição: Parábola Editorial, São Paulo, 2025.

Para meus alunos e alunas,
com quem compartilho a leitura de crônicas
e logo sentem a "gastura" da escrita.

SUMÁRIO

SUMÁRIO

BREVE APRESENTAÇÃO

O conjunto de crônicas que apresentamos neste livro resulta da seleção de alguns textos publicados em espaços relevantes. Uma parte foi escrita em uma coluna fixa no jornal *Rascunho*, importante veículo da literatura contemporânea brasileira; outra foi produzida para uma coluna no *blog* da Relicário, uma das editoras mais corajosas do país. Nesses espaços, a crônica é cultivada com carinho e ali encontra leitores e leitoras dispostos a alguns minutos de desassossego, momentos de prazer e inquietação.

A crônica literária quer tratar do cotidiano, sim, tal como costumam descrever os compêndios, mas também quer suspendê-lo, fazer pensar, oferecer pequenos sustos ou uma visada diferente do que se passa todos os dias, tornar o ordinário menos previsível.

Ao contrário do que pode parecer para alguns, a crônica segue viva e fervilhante, inclusive e principalmente a de autoria feminina, dispersa por revistas e jornais *on-line*, mas também nos impressos e, claro, nos livros, onde são frequentemente reunidas depois de um tempo paciente de cultivo e acúmulo.

Aqui reunimos vinte textos que tratam da memória a que todos e todas temos direito, da passagem da vida, do envelhecimento, das questões ligadas à existência das mulheres e das famílias, ao universo do trabalho e da casa, ao prazer e à própria escrita, algo que também precisamos conquistar como sociedade. Nestas crônicas, a narrativa não dispensa o cuidado da linguagem, tornando episódios aparentemente banais em histórias que podem fazer rir ou comover, ao mesmo tempo que podem criar identificação com qualquer pessoa. Daqui é possível não apenas ler, mas também provocar o desejo de relatar, contar, escrever. Que estes breves textos sirvam para despertar.

Ana Elisa Ribeiro

LI SEU DIÁRIO

Não sei mais se era uma agenda ou um diário. Acho que não tinha cadeado. Lembro bem da capa dura com o desenho do Garfield, que eu adorava e com quem me solidarizava no ódio às segundas-feiras. Isso passou. Hoje tenho mais horror aos domingos. E, às vezes, à paradeza das sextas. Naquela brochura com pautas, não sei se cheguei a anotar essas singularidades. Nem sei se escondi o objeto, a fim de dar a ele maior aura de segredo. O que sei é que, um dia, minha mãe o leu. Sem a minha permissão.

Como descobrimos que fomos devassados? Quando outra pessoa expõe, em alguma oportunidade, a nossa intimidade. Nem que seja para nós mesmos. Nem que estejamos apenas os dois ou as duas numa sala fechada. De repente, a nudez forçada, a declaração de culpa, o julgamento. Como é que pudemos ser tão ingênuos? Escrever segredos em um caderno sem cadeado? Escrever segredos? Tornar o íntimo tão vulnerável. Como pudemos?

Ela entrou em meu quarto com a cara fechada, iniciou, sem negociar, uma conversa em tom duro, acusando minha tia de umas coisas que eu nem saberia entender, e me dando conselhos que eu ainda não estava preparada para escutar. Dez, onze, doze anos, minha idade talvez. Minha cara perplexa, as interrogações pululando, o que é isso? Em pouco tempo, ela admitiu: li seu diário. Se era agenda ou diário pouco importa. Importa é que o que eu fazia lá era escrever minha intimidade; narrar o dia a dia de uma adolescente, contar sobre amigas, inimigas, escola, meninos, possíveis beijos, prováveis namoros, mas tudo ainda sem começar. A vida era uma espécie de desencontro — ainda é? —, as outras meninas eram sempre as preferidas, ainda não era possível saber ao certo onde meu desejo ia dar. Mas ela leu meu diário e devassou tudo. Pior que isso: vingou-se.

A questão era um beijo. Um garoto da rua de lá me pedira um beijo. E eu corri para casa, dizendo a ele que ia pensar. Noutro dia daria resposta. Beijo suspenso. Beijo quase. Beijo talvez. Num tempo-idade em que ainda existiam essas categorias. Ainda por calcular como era beijar. E a primeira coisa que devo ter feito diante desse dilema — poderoso para uma menina tão menina — foi escrever em meu diário. Em seguida, procurei alguém com quem falar sobre a situação, sobre um possível beijo, sobre a importância ou desimportância disso, sobre iniciações; e essa pessoa era uma tia apenas onze anos mais velha. Uma tia que já beijava, já abraçava, já namorava e talvez algo mais que eu ainda não pudesse saber. A tia, muito mais jovem do que minha mãe, deve ter dito qualquer coisa como: se você achar que quer, deixe que ele a beije. Ou: beije para ver se gosta. Ou: você gosta dele? De repente, veja como é.

Afora a técnica do beijo, que ainda era completamente desconhecida da minha meninice protegida, a ideia de beijar já soava uma enorme transgressão. Eu ainda considerava o que fazer, pedindo conselho de tia e confessando ao diário minhas dúvidas e meus desejos ainda indefinidos. No entanto, abruptamente, fui invadida. E como se não bastasse a invasão, o escancaramento dos meus pensamentos ao julgamento da mãe de pouco diálogo, tive de lidar ainda com o afastamento da tia, proibida do contato comigo, má influência, mau caminho, maus passos, pervertida. Foi aí que minha escrita deu as mãos à solidão.

O menino continuava querendo o beijo, que eu ainda não sabia se daria; meu coração ainda não sabia o que sentir, enquanto a curiosidade fazia festa em minha pele. A tia estava banida; o diário já não era confiável. Com quem contar então? Sem escrita, sem tia, sem falar, sem ouvir, fui me esconder na sozinhez e no silêncio, até ter coragem de aprender por mim; mas gostaria de ter tido abraço em vez de punição.

Não se lê um diário de menina; nem se ele repousar escancarado sobre um tampo de mesa.

ROUPA

ROUPA, MEMÓRIA

Era uma blusa de frio com listas azuis e marrons. Lembro que tinha um toque meio seco, mas era de lã ou coisa parecida, aquecia bem, e eu só a usava entre junho e julho, no inverno de Belo Horizonte. Em agosto já parecia demais. Na foto, eu estava bem feliz com ela, que torneava minha cintura mais do que eu gostaria, em composição com alguma calça jeans de que me recordo menos, um provável sapato fechado e aquele sorriso de quem comemorava o aniversário de vinte e poucos anos. Esses anos são especiais, geralmente pelo que ignoramos quando ainda estamos lá. Um abraço de três amigos e amigas, todos escritores. Com todos tenho contato ainda hoje. O guitarrista sumiu no mapa, o restaurante fechou faz tempo e aquela rua continua meio erma.

Um vestido vermelho, curto, com florezinhas pequenas, não sei ao certo de que cor. Uma sandália que não sei se doei, se joguei fora. Um cabelo à la garçon que nunca mais tive. Dava muito trabalho e ajudava demais no meu gingado masculino. Sem brincos; nunca usei brincos. Um sorriso escondido, discreto, meio tenso. Eu estava encostada em uma parede clara, lembro bem de onde, embora nunca mais tenha voltado lá.

Há uma memória das roupas, com os sapatos, os vestidos, as blusas, as calças. Há algumas que se mantêm no armário por décadas, não dão espaço a mais nada, mesmo quando já não cabemos nelas, nem de longe, ou quando elas saíram de moda e pareceriam muito anacrônicas. Mesmo assim, elas ficam ali, servindo de gatilho, de mote, de esperança. Umas meias que ganhei, uma blusa menor do que o necessário, os tamanhos que as pessoas pensam que temos (e nunca tivemos), os sapatos que se descolam, desprendem. Sobre alguns, sei onde comprei, se o dia estava ensolarado ou chuvoso, que horas eram, o endereço da loja, a dúvida que tive, às vezes me recordo de quanto paguei. Não gosto de etiquetas. São a primeira coisa que corto, arranco, deixando menos espaço para a propaganda. Os vestidos inúteis comprados em viagens porque eram feitos de um algodão específico, com cores que não vemos aqui, com modelos quase artesanais, servem de peça de recordação, mais do que de vestimenta. As blusas com nomes de cidades, turismo, fotografia, monumentos, e o fundo da gaveta. Que me importa usar uma camisa com um nome de algum lugar que quase nada me diz? Ou as blusas finas que pareciam tão lindas na loja... e hoje parecem tão estranhas nos cabides? Nunca tive coragem de usar. Às vezes, encontro-lhes uma dona, outra, que as possa usar com a desenvoltura que eu não tive. Lembro das camisetas compradas na Mesbla, uma loja que não existe há décadas, mas continua fantasmagoricamente em minha memória, toda vez que passo na frente daquele edifício na área central. A jaqueta que minha mãe me deu, de cujo modelo não gostei, mas que usei porque alguns presentes são raros, são conquistas, embora não nos sintamos tão identificadas ao vesti-los. A calça que usei duas vezes nunca mais me serviu, mas é bonita só de se ver. Uma calça qualquer, de moletom, que adquiri na seção masculina da loja de departamento, e hoje serviria melhor ao meu filho. Puída, gasta, com bolinhas, limpa, pronta para mais um dia de chuva e tevê.

Às vezes, olhando as fotos, identifico a roupa. Penso: onde está isso? Lembro que doei, que joguei fora, que alguém levou ou que está num fundo de armário, apenas como metonímia de uma situação, de um tempo, de um dia. Pode ser que eu me lembre, ao revés, de que roupa usava num determinado momento muito importante. Acontece: nesse dia, eu vestia esta blusa azul, lembro que deixei pingar mostarda nela. Nesse dia, perdi na enxurrada e na lama esta sapatilha preta, de couro, nunca mais foi a mesma. Desta feita, eu estava com a jaqueta de couro vinho, e, quando nos abraçamos, ele sentiu o cheiro de pele, uma jaqueta argentina. Pus na máquina, para lavar, minha blusa vermelha de gola alta. Imediatamente me lembrei daquele teatro de luzes apagadas, daquelas pessoas todas ao redor, de uma noite feliz. Quase retirei a blusa, abracei-a como que a guardar um pouco do clima daquele instante. Lavá-la levaria tudo. Não levou.

CARTA PARA A JOVEM EU

JOVEM EU

A ideia não é nada original, mas às vezes eu penso em enviar uma carta a mim mesma, vinte, vinte e cinco anos atrás. É que foi um tempo de escolhas que eu não sabia que estava fazendo, opções que eu não via que tinha, amizades que eu não percebia que eram fortes ou fracas, desejos que eu não administrava direito, burrices que eu poderia ter evitado.

Se fosse possível enviar uma carta a mim mesma, já sei que eu teria a curiosidade de lê-la, mas também sei que talvez duvidasse muito do que eu mesma me dizia. Pode ser inclusive que eu fosse teimosa, cética, soberba e preferisse achar que a eu do futuro não saberia nada. Oi? Quem ela pensa que é? Quem eu penso que sou? Quem penso que serei ou seria? Àquela altura, talvez eu achasse, com mais firmeza, que seria, que poderia ser em plenitude; hoje já sei que não. Mas como me avisar?

Às vezes, penso que uma carta talvez não resolvesse. Um áudio, quem sabe? Mas, além das dobras do tempo, que não me permitem a comunicação comigo lá, há ainda as tecnologias, que inexistem conforme essa dobra está mais aqui ou mais acolá. A Ana hoje consegue enviar, mas a Ana antes não pode receber uma mensagem de WhatsApp. Seria tão prático! Mas é impossível.

Talvez eu me dissesse para manter algumas escolhas: siga fazendo, mantenha o curso, pise firme, fale grosso que dá. Certamente eu me alertaria das coisas, dos eventos e das pessoas: saia, desista, não vá, desfaça, desconvide, recuse, ignore, passe batido, revide. Mas será que eu seria capaz de enfrentar, àquela altura, a pessoa que sou hoje? Ou ao menos de me ouvir? Talvez tivéssemos um problema de comunicação mais profundo: serei capaz, hoje, de perceber e descrever minha enorme frustração com isto e aquilo? E aquela menina determinada, mas ainda míope, entenderia?

Se algo pode incomodar uma pessoa, entre tantas e incontáveis coisas que incomodam, é a sensação de que o próximo passo será em falso. Acho que sinto isso desde que nasci. Tem a ver comigo, aquela menina; tem a ver com esta mulher de hoje, uma outra; e tem a ver com um país que não deixa ninguém em paz. Futuro é uma palavra luxuosa. Viver, para aquela menina, tanto quanto para mim hoje, tem a ver com tocar um futuro. E razoável.

A carta que não posso enviar a mim mesma... tento enviar ao meu filho de 17 anos. O que não pude me dizer, décadas atrás, e continuo não podendo hoje, tento dizer ao meu garoto, que não percebe direito as escolhas que faz, nos menores gestos, e que, pior que eu, não enxerga futuro algum. Não se vê adiante, não se mira num outro tempo. Sem dúvida, é mais frágil do que eu, que esperava, ao menos esperava.

Mas não sei se esperar era melhor. Talvez o tamanho da minha frustração seja muito maior do que o que meu garoto sentirá daqui a algumas décadas. Talvez ele esteja mais preparado para despromessas e desvirtuamentos do que eu pude estar; do que eu ainda estou. Talvez uma carta, afinal, não resolvesse nada, nem adiante, nem agora, nem depois. Talvez não seja mesmo o caso de avisar nada e deixar viver. Talvez só reste mesmo escrever para um alívio qualquer.

TRENAS, FITAS, RÉGUAS, NÍVEIS

Dei à minha amiga — professora e poeta — uma minimáquina de costura. Duvidei um pouco de que o pequeno equipamento funcionasse a contento, mas comprei e entreguei, assim que a vi — a pessoa — diante de mim para um abraço. É uma maquininha que eu já tinha visto antes, em algum momento da vida, mas que me parecia extinta. Erro meu. Existe e pode costurar, a partir da colocação de uma linha e de uns gestos ritmados da mão. Lembra um grampeador, só que muito mais delicado e bem menos hostil. É como outro jeito de escrever. Foi isso que pensei quando vi a máquina e enxerguei o rosto da minha amiga. Ela, que pode ver e fazer poesia, que faz vídeos, costura, borda e se expressa de muitos jeitos, saberia como empregar aquele presente.

A costureira que frequento, geralmente para fazer bainhas em calças jeans, não tem noção de que poderia ser artista no uso de suas linhas e pontos. Ela tem uma máquina lindamente castigada pelo uso intenso, mas não vê nas bobinas de linhas coloridas uma espécie de paleta de pintor ou de caixa tipográfica. Ela usa um caderninho pautado para anotar os nomes das clientes, fazer as contas e depois cobrar o serviço. É pontual, assertiva. Talvez risse da pequenez e da fragilidade da maquineta que dei de presente à minha amiga. Elas são costureiras e têm diferentes olhares sobre seus fazeres.

O estofador que consultei para resolver os problemas de duas cadeiras demorou a me retornar. Ele não pareceu muito perito no uso do WhatsApp, então tentei ajudar ligando de volta pelo telefone convencional. Ele trabalha com tecidos duros, resistentes, ásperos às vezes. Não costuma ser pontual nem muito assertivo, mas é cuidadoso no trato com os/as clientes. Me chama de senhora e eu devolvo com o mesmo tratamento. Só que eu não me acho uma senhora, e o considero, há muito, um senhor. Ele vê a foto de uma das cadeiras, diz que aquilo é "moleza" de fazer, que cobrará barato, diz um preço que não me incomoda, pede um horário para uma visita, pergunta meu endereço. Ele é uma espécie de costureiro, mas muito mais bruto, com máquinas maiores, uso de força, madeira, prego, uns grampeadores enormes, dedos fortes, unhas sujas. Eventualmente, maneja tintas, lixas e vernizes. Talvez ele também se risse da maquineta que dei à minha amiga.

Falei também com o vidraceiro. Como estão caros os vidros, os cortes, os acabamentos! Não compensa mais proteger uma mesa com um vidro pouco espesso. O moço, jovem e perito em redes sociais, me pediu fotos dos objetos, desenhos do meu projeto, medidas precisas, tipos de polimento. Notou que desisti quando me disse preços e passou a pensar em alternativas mais em conta. De outra vez, ele foi pontual, e os vidros ficaram bons. Agora, não sei. Pergunto se ele corta vidros que eu já tenho. Ele diz que sim, mas imagino que isso não seja muito estimulante. Tire as medidas. Eu as tirarei com a maior precisão possível, usando uma trena, mas poderia ser a fita métrica mole que usa a costureira para fazer minhas bainhas de calças. Trenas, fitas, réguas e até escalímetros. Nível, você sabe o que é um nível? Tenho dois: um pequeno e outro grande, usado geralmente para planejar a diagramação de quadros nas paredes. Como um nível dá segurança e conforto!

Aqui misturo tecidos, linhas, madeiras, grampos e vidros. Aqui se olha para tudo e se quer reformar as coisas que não perdem a beleza com o passar do tempo, embora se possam gastar e quebrar. Aqui a plaquinha na porta é a de: Temos.

Zapear. Isso é coisa de gente do século XX, em especial depois da invenção do controle remoto. Na casa dos meus avós, lembro da TV que tinha uma interface com botões. Era lá que a gente apertava quando queria mudar o canal. Aliás, o aparelho demorava a ligar, tinha de "esquentar", a imagem ia clareando lentamente, e nem me recordo dos programas a que a gente assistia quando fazia aquela visitinha compulsória.

Na casa dos meus pais, já lembro de uma TV mais moderninha, de tubo ainda, claro, mas que tinha o tal controle. O barato era mudar de canal sem ter de tirar o popô do sofá. Quanta vantagem! E com isso a gente ficava mais livre para zanzar pelos canais, meia dúzia, sei lá, que às vezes funcionavam bem, mas às vezes "chuviscavam".

Ainda sou uma jovem senhora e tudo isso parece tão tecnossáurico! As TVs de tubo andaram sumindo (cheguei a comprar uma em oferta, já nos anos 2000, e depois a vendi por cinquenta reais). As TVs de LED ou cristal líquido e coisas com esses nomes bacanas passaram a ocupar nossas estantes, que sequer tinham buracos retangulares do tamanho das telas, cada vez maiores, com mais polegadas, medida que a gente nem entende direito.

Antagonismos apenas aparentes

Nessas TVs de tubo é que eu assistia aos meus desenhos animados. Dois deles, pelo menos, me intrigavam porque pareciam antagônicos: *Os Flintstones* e *Os Jetsons*. Eu torcia para que essas famílias se encontrassem em algum passeio de máquina do tempo. Não era incomum eu sonhar acordada com uma espécie de *De volta para o futuro*, com Marty McFly levando cantada da Wilma. Lembro de achar o Barney bonitinho e de criar caso com aqueles robôs do futuro, que levavam chinelos como cachorros adestrados.

Os dois desenhos seriados são de William Hanna e Joseph Barbera, sobrenomes que eu via com admiração quando subiam os créditos ou quando começavam os episódios. Atualmente, as duas famílias estão juntas num comercial de banco, se não me falha a memória recente. Meu sonho realizado, mas num lugar esquisito. Pois bem. O que me traz aqui nem é tanto essa nostalgia relativa sobre desenhos e aparelhos televisores, mas um episódio dos Jetsons a que assisti meio sem querer, num dia desses, semanas atrás. Sim, em 2021.

Zapeei os canais, como há dezenas de anos faço, e pá: parei num que exibia um episódio daquela velha família do futuro. E fiquei pasma. Minha ideia nem era me interessar, mas à medida que a historinha evoluía, eu ficava cada vez mais boquiaberta, pensando em como a gente é besta quando é mais jovem. Será que eu não notava nada disso?

Entre outras *cositas*, nesse episódio em particular, a Jane Jetson, esposa do George, tratava de dirigir aquele veículo voador deles. Não me recordo mais da questão central daquele dia, mas meu queixo foi caindo à medida que as piadinhas machistas sobre mulheres dirigirem foram se acumulando. Impressionante. Que futuro careta aqueles roteiristas imaginavam! Seriam incapazes de projetar algo melhor, e não apenas em termos de tecnologias, robôs e carros voadores? Será que nossa máxima visão de futuro só atinge as coisas, jamais as pessoas? Como a Jane, uma mulher de 33 anos no desenho, poderia ser o que foram as minhas bisavós? Fiquei ali, atônita, assistindo a *Os Jetsons*, em crise com minha infância inocente, tentando escavar quanta coisa imbecil eu devo ter introjetado com esses desenhos bem-intencionados, divertidos, tão falsamente inocentes. Fiquei pensando naquele Jetson machista, muito parecido com muitos homens que eu ainda conheço, contando até dez, cem, mil para ter paciência para os outros tantos que ainda conhecerei e ainda virão. O futuro, naquele desenho, se esqueceu de ser melhor nas relações entre as pessoas. Aliás... tão parecido com a vida. Ficamos presos às máquinas que fazem café sozinhas, enquanto nossas meninas continuam levando chinelos velhos para uns e outros. Nem mesmo aquela robô nos livraria dessa assimetria toda. Fiquei de cara, como dizemos aqui, ou como dizíamos na minha adolescência, pobre adolescência, aprendendo, sem querer e sem muita defesa, um futuro tão besta quanto o passado.

DESMEMÓRIA PANDÊMICA

Em algum momento desses dias meio iguais, uma pessoa me disse algo, e eu tive a sensação de ter uma lembrança de remoto, remotíssimo, tempo. Não era. Fazendo as contas precisas, tinha sido algo em 2019, pré-pandemia, portanto, e minha memória já estava fortemente afetada pela demora psicológica dessa vivência intensa de crise sanitária e isolamento social (sim, porque o que andei fazendo não foi só distanciamento).

Tenho sentido o tempo de um jeito diferente, como se fosse algo mais alargado, os minutos mais extensos, as horas arrastadas, os dias idênticos, os anos como se fossem aos pares ou aos trios. Não sei se isso explica bem, mas é uma sensação, mais do que um fato contável. Não chega a me desesperar, mas causa um mal-estar notável. A única coisa — e ruim — que tem diferenciado os dias da semana dos sábados e domingos é a música alta e péssima que vem do bar sem noção da esquina, nesses dois dias que entendo serem de descanso. Isso, sim, sinto sempre, e chega a me dar certa saudade do dono anterior da birosca, aquele que tinha muito maior senso de coletividade.

Afora isso, que me atordoa sempre, não sinto saudade alguma de quase mais nada. Às vezes me perco em pensamentos meio esperançosos, querendo um futuro (esse, sim, me interessa) melhorzinho, diferente do que foi o passado recente. Logo essa esperancinha passa e cede lugar a um sentido mais real das pessoas, das relações, da rua, das cidades maiores, do governo do país, do convívio. Melhor prestar atenção aos cães latindo e à buzina do vendedor de pão que passa de bicicleta há anos, ajudando a formar esse quadro imutável da vida num bairro antigo qualquer.

Desmemória

Esqueci algumas coisas durante a pandemia. Por exemplo: não sei mais usar sapatos fechados. Eram só o que eu usava na vida, para o pesar dos meus pés tímidos. Trabalhando (e muito) de casa, passei a ficar descalça ou de chinelos, a maior parte do tempo, sem a perspectiva de me calçar completamente novamente. Ocorre que, dias atrás, precisei sair para uma tarefa incontornável qualquer e tive de me calçar. Meus mindinhos pareciam ter crescido! Até tirei os sapatos novamente para ver bem. Será que esses dedos incômodos sempre estiveram aí? Não é possível! Como eles cabiam no sapato antes? Ou o calçado encolheu nesses meses sem uso? Insisti e me dei mal. Os mindinhos em questão voltaram para casa ralados, quase com bolhas, vermelhos, ardendo. Esqueci como me calçar sem ter um problema em seguida.

Por outro lado, andei sentindo prazeres localizados que não sentia antes. O consumo de ovos aumentou demais em casa, decorrência clara das tragédias da economia do país, mas também um desejo súbito de comer mais proteína. Num almoço qualquer, resolvi fritar um ovo estrelado, daquele com a gema bem inteirinha no meio. O prazer que senti ao, propositadamente, furá-la sobre o arroz é indescritível. Ver aquele visco amarelo tingindo os grãos brancos em cima do prato, molhando cada bago intumescido, essa visão me deu água na boca. Abocanhei esse arroz-com-ovo com a alegria de criança e seu bolo de aniversário. Data, aliás, que passou sem que eu pudesse planejar muita coisa. O que sei e digo é que foi sem aglomeração.

Vade-retro

Como nunca fui pessoa dada ao toque desnecessário, o distanciamento social não me aflige. Durante a pandemia, raramente senti pesar por não poder abraçar alguém. Senti, é claro, que nem sou essa desnaturada completa, mas normalmente não sinto falta da beijação. Importante lembrar que sou mineira residente, e por aqui o costume é o de dar três (!) beijinhos quando se conhece ou encontra alguém. Na adolescência, OK, pode ter alguma serventia, em especial nas paqueras, mas na vida adulta... é um peso, um inconveniente. Isso sinto eu, com meu direito de achar.

Então essa saudade de aproximação me parece um exagero de quem anda nostálgico(a) com a vida pré-crise. Aquela reverência com o olhar, com a cabeça ou com as mãos é bem suficiente para o cumprimento, em especial de gente pouco íntima. Desse jeito, cumprimento todo mundo na padaria, na farmácia e no supermercado, sem grandes incômodos. Na época da beijação, eu sofria um pouquinho. Isso sinto eu, de cá do meu canto de tímida social.

Fui daquelas que se incomodavam muito com gente que toca o braço, que fala investindo o rosto contra o meu, que conversa quase nariz com nariz. Eu era dessas pessoas que vão dando um, dois, três passinhos atrás. Parecia uma esgrima deselegante. Hoje já posso me considerar o “normal”. Aquela abanada de mão a dois metros parece, agora, conscienciosa e inteligente. Acho que chegou a nossa vez, irmãos e irmãs reservados(as)!

Retorcidas

Enfim, a pandemia me retorce as horas, como aquele relógio do Dalí, e me dá uma sensação esquisita de pesadelo e euforia. O pesadelo tem a ver com esse sentimento de um tempo que se repete, que não nos deixa sair do lugar; a euforia é intermitente, troca de lugar com a tristeza, uma espécie de bipolaridade esperançosa/pessimista, que brinca comigo dia após dia. Talvez sejam elas as marcadoras do passar dos meses. Horas retorcidas, experiências exageradas ou insensíveis, noções suspeitas de tudo e de todos. E pior: seguindo rumo a sabe-se lá o quê. Prato cheio para uma virginiana planejadora. Desmemória incômoda e marcante.

O GABRIEL

A gente passa meses juntando as garrafas *pet* dos refris que toma. Sim, a gente toma muito refri. E não é raro que alguém bata a campainha perguntando se tem desse tipo de material reciclável para dar. Papel velho, jornal, roupa, comida. As pessoas batem à porta pedindo. Mas as garrafas *pet* estavam sendo guardadas para uma finalidade específica. Só que a Maria não sabia. Ela ouviu a campainha e foi lá fora saber o que era. Encontrou, olhando pela grade, um rapaz alto, magro, de dentes separados, pedindo as garrafas de plástico reciclável. Disse que tinha. Eu disse que não. É que iam sendo juntadas para dar a outra pessoa, mas agora fiquei em maus lençóis. Vamos lá. O jeito é dar assim mesmo e começar a juntar tudo de novo. Não haverão de faltar.

Enquanto a Maria pegava as garrafas todas numa caixa de papelão, fui até o portão de grades espaçadas para ver quem estava lá esperando. Saí de roupa de dia de semana, chinelão, girei a tetra chave na fechadura meio bamba. O moço lá fora nem quis que eu terminasse de cumprimentá-lo, já me surpreendeu lendo os escritos que estavam na minha camiseta rosa: *Las chicas son libres*.

“A senhora não me fale nada, deixa eu tentar. Por acaso aí na sua blusa está escrito que as mulheres são livres?", e apontava de longe na direção das letras inscritas sobre o meu peito esquerdo.

"Sim, como é que você sabe?".

Antes de dizer como, ele me perguntou: "É mexicano?".

"É espanhol, que é a língua que se fala no México, sim, mas me diga como você sabe?".

Bom, ele me deu uma resposta peremptória: "Eu leio muito". Pensei, sem dizer: mas lê em espanhol? "Eu leio muito, sabe, dona? Aprendi a ler, não tenho estudo quase nenhum, mas eu vou falar pra senhora: escola é importante, mas ler é mais".

Sábio, ele. Que não me ouçam meus empregadores, mas olha: ler é mais. E continuou: "Meu pai e minha mãe já morreram, também não tinham estudo, mas me ensinaram algumas coisas. Dessas eu aprendi a ler, e leio muito. Gosto de livro. E tenho um sonho na vida: conhecer Cuba".

Acho que meu queixo estava caído. O rapaz enfiava as garrafas *pet* num saco enorme de um material resistente enquanto me falava sobre a ilha, a capital Havana, a língua que queria aprender lá, os livros de história que andava lendo. Não dava para ignorar.

"Qual é seu nome?"

"É Gabriel".

Ele não quis saber o meu.

O Gabriel mora na rua, em algum lugar perto aqui de casa. Achei invasivo perguntar a ele por que estava na rua. Mantive um respeitoso e curioso silêncio enquanto ele falava de seus sonhos, de seus livros e de como a leitura o afetava desde sabe lá quando. Ele, enfim, me perguntou:

"A senhora faz o quê?"

"Sou professora..."

"De quê?"

"De português..."

... e ele inferiu que, além de garrafas *pet*, eu devia ter uns livros.

Fiquei de arranjar-lhe alguns, mas minha especialidade não é história. De todo modo, talvez eu acerte no gosto de Gabriel.

Não fiquei sabendo se ele concorda que *las chicas son libres*. Parece que sim. Disso não houve dúvida. Nem de que de ler é mais interessante do que muita coisa.

O Gabriel saiu com um monte de garrafas que provavelmente valem pouco. Deve ter lido alguma coisa naquele dia. Tinha consciência de que se comunica bem. Disse-me isso no meio da nossa conversa. É articulado, tem um vocabulário interessante e traduz algumas frases em castelhano. Por quanto tempo ele ainda sonhará com o mundo e suas outras possibilidades? Da próxima vez, vou entregar uns livros junto com as garrafas. É com eles que o Gabriel aprende, mas não só. É com eles que o Gabriel cultiva seus desejos para o amanhã. Parte das coisas ele recicla; outra parte ele sabe aproveitar.

PAREDES, PROJEÇÕES

Quando meu sobrinho de quatro anos apagou a luz da sala, ficamos todos no escuro. Tacitamente, acordamos não acender nenhuma luz e não reagir adultamente à atitude dele. Ainda não sabíamos o que o menino faria no escuro, ele e seu bonezinho à sombra, já era noite quase fechada num prédio em Belo Horizonte, verão chuvoso, e nós seis ali, todos no escuro, sendo guiados por um piá que mal sabe falar. Ninguém se rebelou, ninguém xingou, ninguém esbravejou, ninguém acendeu o *three way* como se não fosse nada a ideia do garoto. Apenas ficamos no escuro por alguns minutos, à espera da próxima fase.

De fato, ele logo fez um movimento que acendeu a lanterna do celular velho que lhe cabe para brincar. Pôs o telefone encostado em uma garrafa de refrigerante sobre a mesa, quase no meio de nós, e deixou que a luz forte iluminasse apenas uma parede de fundo. Todos passamos a olhar para aquela tela improvisada, uma parede bege, um pouco acidentada pela textura de massa, onde ainda não acontecia nada. Fomos entregues à penumbra. Era uma certa engenharia, coisa de gente pensante, mas nós ainda tínhamos dúvida sobre o futuro próximo.

Mais alguns segundos, e meu sobrinho então mexeu com as mãozinhas magras e miúdas e passou a tentar projetar na parede uma sombra de animal. Um cachorro, um jacaré, alguma coisa que tinha boca, mas que não conseguia ter orelhas ou nariz, focinho ou pés. Uma sombra apenas, mas que funcionaria como um bicho, uma silhueta meio imaginária que dependia muito da nossa colaboração, mais uma vez. Junto com o gesto e a sombra, ele passou a reproduzir um som, e era uma espécie de latido. Então, ainda tacitamente, todos entendemos que se tratava de um cão que latia, mesmo que não fosse bravo, nem cão, nem animal. E o pai do garoto entendeu que era um convite para brincar. E também fez, com sua mão grande, um animal maior. A forma era a de um crocodilo, talvez nem isso, e era também, e ele vinha enorme, meio de cima, projetando uma sombra que atacava a sombrinha das mãozinhas do pequeno, mas que não chegava a machucar ninguém. Era uma ameaça, um bicho imenso e robusto que chegava do alto da parede e nhac. O som do nhac era aterrorizante. E meu sobrinho misturava gargalhadas arfantes a berros e a gritos finos, estridentes. Chegava a tremer, a mexer os bracinhos em sinal de terror, mas a boca ria muito, os olhos brilhavam no escuro, o bicho enorme continuava sua ameaça imaginária e o misto de medo e alegria nos contagiava a todos.

Entrei na roda. Fiz um pássaro que chegava voando do alto e apenas bordejava pela parede, sem som e sem ameaça alguma. Era para aumentar a fauna, embelezar a paisagem. Ninguém mais sabia fazer muitas formas. O gurizinho mantinha seu cachorro sem orelhas, enquanto o pai dele volta e meia reconduzia ao centro da parede um bichão que quase tomava todo o espaço de projeção. Quando o pai se cansava e parava, o pequeno dizia: mais uma vez! E tudo recomeçava.

Não sei quanto tempo isso durou. Provavelmente pouco. Ninguém acendeu a luz enquanto a brincadeira rolou. Estava bem escuro já. Os gritos do piá eram altos. O condomínio inteiro deve ter escutado. E nós só queríamos ver a enormidade da alegria gratuita dele, brincando com luz e sombras numa parede bege. Topamos a parada até ele mesmo mudar de ideia, meter os dedinhos no interruptor e a luz voltar, apagando as sombras, os bichos, as contendas, as batalhas, os berros, as caçadas e os nossos sorrisos desbragados.

Não me impressionou tanto a ideia que ele teve; nem a relativa habilidade do pai dele de fazer monstros zoomórficos; a potência do grito infantil; nem me impressionaram as caras de bobos apaixonados da tia, dos avós, da mãe. O que mais me impressionava, naquela brincadeira de minutos, era a capacidade que o gurizinho tinha de acreditar emocionadamente nas sombras que ele mesmo criava, nas imagens que ele sabia não serem "reais", nas ameaças de um bicho amorfo que ele sabia serem as mãos do próprio pai. Me impressionava a reação corporal e espiritual dele às histórias que via, provocava, inventava para se divertir por alguns segundos, mas que ele mesmo sabia como cessar: tocando o interruptor. Que delírio delícia. Que maravilha é estar disposto a uma certa ficção e fingir não ter o controle sobre ela. Que alegria recompor esses sentimentos ao toque de um dedo, ter a capacidade de atribuir sentido a qualquer coisa que se pareça um personagem, a qualquer trilha que se pareça uma história, bancar uns momentos de alegria, divertir-se e cessar. Acho que essa criança mora aqui em mim, nos livros que procuro, as paredes das minhas projeções, meus jacarés, minhas aves que voam baixo. Eu voando alto. Ou por onde eu quiser.

DECISÕES UM POUCO ACERTADAS

Uma vez, escrevi sobre um almoço comum num dia ordinário, provavelmente um meio de semana na casa dos meus pais, quando eu ainda morava lá. Os barulhos eram rotineiros, a mãe enfurnada na cozinha de azulejos datados, o ambicionado fogão de seis bocas, que atendia melhor a uma família grande, os cachorros preguiçosos no quintal cimentado, o cheiro de comida do dia a dia. Talvez um som compassado de panela de pressão, a cozinhar feijão preto, de que não gosto até hoje. Desci o lance de escadas que dá na copa. Uma casa espaçosa, com copa. De onde eu vinha, do piso de cima, era possível ver, por um rasgo da porta, apenas a cadeira da cabeceira da longa mesa de madeira pesada. Nessa cabeceira ficava meu pai, que lia o jornal impresso diariamente, àquele horário, depois de certa idade e de ter se livrado dos compromissos de trabalho mais regulares. O almoço com ele sempre produzia certa tensão, mas o que importava ali era a imagem: a de um homem robusto sentado à cabeceira lendo o jornal de folhas grandes e bem abertas. Minha crônica não era bem sobre nada disso, mas a atmosfera, como sabemos, importa. O que eu vi, desde o alto da escada, foi meu pai sentado, de lado em relação a mim, lendo seu jornal. Ele não me notara ainda.

E por alguns segundos pude sentir uma terrível saudade daquele momento, daquela imagem tão cotidiana, mas que certamente um dia não existiria mais. Uma saudade do que ainda estava ali, diante dos meus olhos. Saudade, aliás, que não senti verdadeiramente até hoje, porque tanto meu pai quanto o jornal impresso continuam lá. E provavelmente essa cena diária ainda acontece, na mesma casa, com a mesa na mesmíssima posição, mas sem nenhum filho morador para observá-la todos os dias.

Saudade para amanhã

Escrevi sobre essa cena e, principalmente, sobre as saudades lancinantes que podemos sentir dos que amamos e de seus gestos e dos dias comuns que passamos ao lado dessas pessoas. Saudades que podem ser uma espécie de antídoto: quem sabe aproveitemos melhor essas e outras experiências? Nem sempre resulta bem. No entanto, registre-se o momento em que o mundo parou para podermos identificar um sentimento, e talvez uma lágrima preventiva, precoce, escorresse. E a enxugássemos envergonhadamente e nem pudéssemos explicar direito de onde ela veio. Pronto: os pratos, o feijão, o arroz, os irmãos, cada um sentado num lugar demarcado. A mãe ao lado do pai, meio deslocada. Uma conversa aleatória, troca de informações razoáveis, os planos imediatos de cada um, uma bronca qualquer, uma reclamação, precisa comprar isto e aquilo, o problema da vizinha, a morte ou o nascimento de alguém. O jornal assim de lado, cadernos emprestados a todos, cada qual com seus interesses. Barulhos de boca, de dentes, de saliva, de talheres. Todos saem e vão para suas vidas.

Novas saudades

Voltei a sentir uma saudade dessas outro dia, neste tempo de calor intenso. Agora, entretanto, o sentimento pontiagudo foi com meu filho, que chega todos os dias às 13h10, abre o portão, que range, depois a porta, diz um oi e segue para o quarto ou vai guardar mochila, tirar sapato, lavar as mãos. Não ponho óleo nas dobradiças das portas. Elas precisam mesmo ranger. São sinais, são comunicação, ainda mais em uma casa de tão poucos habitantes. Meu filho chega, o almoço está quase posto. Tudo depende de sua chegada. O ranger do portão me dá o sinal para temperar a salada que adoramos, finalizar a carne e terminar de esquentar alguns itens. Comida comum, feijão roxo, carros passam na rua ao lado. A mesa deve ter a metade das dimensões do que é a dos meus pais. Os espaços são todos menores, mas confortáveis. Borbulhas de refrigerante, as cachorras latem animadas, excitadas com nossa movimentação, talvez com o cheiro de comida de gente. Uma dança coordenada entre mim e meu filho na cozinha: pegar pratos (lascados), talheres, copos, abrir geladeira, fechar *freezer*, gelo, duas pedras para ele, uma para mim. Todo dia fazemos tudo igual. E amamos fazer assim, mesmo quando parece que nem sabemos que amamos. Depois nos sentamos, vamos comer. Ele à cabeceira, com o pé na cadeira, minha bronca diária; eu na lateral, de costas para a janela, perto da cozinha, tiro os óculos, começo pelo pior (arroz e feijão) e deixo o melhor para o final (a salada). Meu filho faz exatamente o contrário, num prato muito mais cheio do que o meu. Puxamos assunto, falamos de nossos planos, nossas tarefas, afazeres, uma bronca, uma reclamação, uma novidade, duas, três, uma opinião. Algumas decisões me parecem acertadas nesta vida: almoçar juntos e não ler nada nesse momento. Não compramos jornais impressos, e o celular é proibido à mesa das refeições desde que o cara era criança. Não fosse isso e nem sei, talvez nem conversássemos mais e eu o conhecesse ainda menos, à medida que cresce e se transforma.

Conversamos bastante. Ele precisa falar, narrar, opinar, mais do que eu, que ouço, espero, analiso. Às vezes, opino, comento, reprovo, aprovo, sugiro, bronqueio, conto algo, desabafo. Quero saber nomes, lugares, projetos. Ele encantado com algumas novidades, deixando a comida esfriar. Queremos comer, mas queremos falar, mas não se pode comer comida fria, mas ele não se importa, eu sim. Bebemos refris, não estamos nem aí. Abro meu chocolate, ele nunca. Preciso de algo doce, ele não. Meu sinal de que vou me retirar é silencioso: recoloco os óculos. Não precisamos dizer nada. Meu filho já sabe: então ela vai se levantar, vai trabalhar. Ele vai ficar por muitos minutos ainda, come lentamente desde criança. Ainda pode, tem tempo. Eu preciso retomar minhas atividades, às vezes, preciso me trocar para sair, enfrentar o trânsito ruim de uma cidade um tanto hostil, atuar em uma profissão mais hostil do que a cidade. Ele vai ficar, talvez durma, talvez estude, talvez me espere.

Como há alguns anos, senti uma saudade terrível dessa cena, dessa atmosfera, quando me dei conta de que ela também me faltará. E não deve demorar. Assim que meu filho começar um estágio, mudar o horário das disciplinas da faculdade ou tiver uma agenda mais adulta, provavelmente o portão não rangerá às 13h10, a porta não se abrirá, não terminarei de temperar a salada colaborativamente, nem levaremos juntos nossos copos de refri para a mesa (duas pedras de gelo para ele, uma para mim). Provavelmente, vou pôr meus óculos em cima do tampo e estarei só. E nem fome me dá mais quando penso nisso, nesse dia, nessa espécie de nova era.

Mas ainda não é isso. Ainda estamos aí, por ora com nossas chaves que abrem as mesmas fechaduras, horários que coincidem ou que fazemos coincidirem. Porque uma parte dos nossos encontros depende disto, sabemos: fazer coincidir. Mas há um momento em que o mundo nos draga, e aí não somos mais nossos, perdemos uma das melhores partes da vida besta. Passamos a almoçar em lugares impessoais, cheios de gente desconhecida ou com colegas que apenas suportamos, saboreando apressadamente um tempero que sequer sabemos de quem é, se houver sabor e tempero. Acabou-se. Mudou. E esperaremos, talvez, pelos sábados.

Decisões para lembrar do passado com saudade no futuro

Algumas poucas decisões me parecem acertadas quando sinto esse tipo de saudade precoce e preventiva (que dura, na verdade, segundos, mas que é uma espécie de *flash* de consciência): almoçar com quem amamos (fazer coincidir é uma arte, uma luta), conversar, bronquear, rir, comer a sobremesa, temperar a salada, depois ir cada um para o seu canto. Proibir o celular à mesa e também não levá-lo para o quarto na hora de dormir e descansar. O resto das decisões a gente não tem bem como medir.

MINHAS FÉRIAS (ENFIM!)

Estou realizando um sonho. Talvez me falhe a memória, mas eu queria muito, no momento apropriado, escrever a famigerada redação sobre as "minhas férias". E parece que agora vou conseguir.

Que mal há em pedir um texto sobre um período que provavelmente foi atípico para a moçada em idade escolar? A redação "Minhas férias" foi demonizada, coitada, e já faz bem uns trinta anos. Foi acusada de pôr todo mundo no automático (ah, o Enem...), de não fazer qualquer sentido, de cultivar o profundo tédio e, principalmente, de estar muito mal sustentada por balizas chamadas "condições de produção": sobre o quê, para quem, com que objetivo, que gênero discursivo etc.

Com todo o esforço feito, e que reconheço, continua sendo difícil escrever com sentido numa sala de aula. Meu sofrimento diário, aliás, justamente como professora de redação, é fazer que notem sentido em qualquer coisa que eu peça, mesmo quando vão junto as condições de produção mais explícitas do que filme pornô e mais estudadinhas do que o crochê da minha avó. Só falta pegar na mão para escrever, mesmo quando o papo não tem nada a ver com as férias.

Vale a experiência delirante?

Minhas férias não eram lá grande coisa. Reza a lenda que algum estudante, em qualquer parte do país ou do mundo, entregou uma folha em branco, só, com as pautas desacompanhadas, sob o título “Minhas férias”. Teria justificado, quando interpelado por essa espécie de afronta, que passara as férias dormindo; que a família não tem condições de viajar; que os pais trabalharam normalmente, autônomos que são etc. Numa próxima oportunidade, ao escrever sobre o mesmo assunto, tratará de usar uma das estratégias que dão na escola feito mamona na cerca: fingir. Vai escrever “Minhas férias” e inventar qualquer coisa, compreendendo que a ficção também acalma os ânimos de quem precisa mesmo é dar notas.

Minhas férias eram bem chatas, na verdade, mas contava era a competição que acontecia na escrita, e subsequente leitura em voz alta, daqueles textos sobre fazendas no topo das serras, cavalgadas em éguas campeãs, aprender a ordenha com perfeição e alta produtividade; praias semidesertas, pousadas com ar-condicionado à beira das falésias, biquínis de grife, camarões e siris com um pouco de areia à degustação; festas, estradas, motores, cidades turísticas, ruínas históricas, lugares vistos em fotos nos livros didáticos. Ficção, ficção, ficção, referenciadas nos filmes da sessão da tarde e nas conversas pescadas entre peruas na escada rolante do *shopping*.

A real das férias

A real era a seguinte: eu queria dormir, dormir até meio-dia, para vingar os quase duzentos dias letivos obrigada a acordar na marra, em horário de quando só existia luz a vela; ficar em casa esperando a vizinha chamar para sentar no meio-fio e conversar fiado; voltar na hora do lanche e comer misto quente com queijo prato bem derretido; assistir à novela das sete; ouvir *rock* no *microsystem* do pai; passar a madrugada jogando Atari, ouvindo a mãe reclamar daquelas musiquinhas e sonoplastias infernais. Essas eram as férias sossegadas dos sonhos. Agora a verdade, nua e crua: por quinze dias, eu era obrigada a fazer as malas com roupas que odiava usar (*short*, regata, biquíni), morrer de medo numa estrada por quase dez longuíssimas horas e chegar a uma cidade-formigueiro, quente feito o inferno, onde faltavam água e luz, episodicamente, devido à repentina e grotesca superpopulação. Uma vez lá, ficávamos à mercê dos horários e das atividades chatíssimas dos adultos (quase todos bêbados, os que mandavam... os demais só obedeciam), presos aos medos deles, tomando sorvete enquanto não podíamos nos mover livremente, dormindo no chão com outras crianças, vendo baratas passarem, às vezes, bem na altura dos nossos olhos, no assoalho da casa de veraneio alugada para a temporada (não será por acaso qualquer semelhança com aquele filme pastelão brasileiro chamado *Os farofeiros*, 2017).

Mas como contar isso, desse jeito? Não era o que queriam saber! Sequer a professora tinha a intenção de nos deprimir, induzindo essas lembranças. O negócio era escrever sobre férias felizes, iluminadas, animadas e que deixariam saudades, até o próximo período de recesso escolar. Ficção. O barato é, agora, saber a diferença entre ficção e relatório. E escrever sobre minhas férias, mas só porque eu quero.

UMAS CARTAS

De vez em quando, professores da escola básica inventam projetos em que estudantes trocam cartas entre si ou com outros, de outras escolas, em alguns casos até enviando pelos Correios. É como se fosse uma visitinha à máquina do tempo, em especial para essa moçada que só conhece aplicativo de celular. Minha prima mandou cartas aos sobrinhos que moram em outro estado. As crianças não sabiam. Receberam os envelopes como surpresas, inclusive uns mais atrasados que outros, ainda que tenham sido postados juntos. Aprenderam que a emoção faz parte. Leram e talvez tenham gostado da ideia de responder à mesma maneira. Pode ser que tenham agradecido por meio de mensagens instantâneas muito mais resumidas. Aos dezoito ou dezenove anos, eu ainda trocava cartas com um amigo do ensino médio. Embora tivéssemos telefone e outras formas de contato, sustentávamos uma espécie de conversa paralela, em outro ritmo e com outro tom, por meio de cartas cuidadosamente escritas e depois enviadas pelos Correios. Dava trabalho, era um cultivo, e mesmo quando nos encontrávamos pessoalmente, deixávamos o assunto tratado nas cartas apenas para elas. Não deixávamos o *timing* presencial interferir no espaço/tempo do lado de lá. Às vezes, escrevíamos em papéis de carta, aqueles especiais, bonitos;

outras vezes, rasgávamos folhas de cadernos pautados, enviávamos colagens e recortes de jornais, fotos, convites, adesivos, carimbos. Toda uma sorte de recursos do mesmo timbre ia junto com nossos envelopes de bordas listradas.

Há alguns anos, fui pesquisar histórias de escritoras por meio de cartas. A troca de correspondências entre elas e outros era uma espécie de mundo preservado, salvaguardado por uma universidade, onde ainda é possível pensar e examinar com calma. Naquelas cartas manchadas, amareladas, escritas a tinta, rasuradas, às vezes em finos papéis timbrados, outras vezes precárias como as minhas, arrancadas de blocos ou dobradas com cuidado, era possível encontrar ainda o dia a dia, as tristezas, as disputas, também as alegrias, os amores, o nascimento dos filhos, as fofocas, as brigas políticas, os combinados, as viagens, as críticas e os elogios entre todos, entre elas, relativos a pessoas que não estavam na conversa. Eu, intrusa, fincava minha cara curiosa na janela, como se aquelas cartas me dessem uma fresta quase proibida por onde eu lia e ouvia umas vozes, pegava uns assuntos no ar, fazia conexões e montava quebra-cabeças. As cartas não me pareciam vivas, assim como suas autoras, também mortas, mas eram como um sopro em meus ouvidos, tanto tempo depois. Um privilégio eu tinha: podia cotejar as cartas e as biografias, remontando peças soltas que a história teimava em tentar recontar. Todos os dias, ao chegar ao arquivo, eu agradecia àquelas escritoras por terem enviado cartas umas às outras, por terem tornado suas conversas uma espécie de legado que me permitia viver meio assombrada por elas, mas também guardiã de seus assuntos, uma amiga fugidia, anacrônica, que chegou atrasada para um papo que só acontece na minha cabeça.

Às vezes, escrevo cartas travestidas de *e-mails*. Se ficarem atentas, as pessoas que as recebem perceberão não se tratar de mensagens quaisquer. Há nelas uma cadência atravessada pelos dias, pela vida, pelos afetos e pelas palavras que duram mais. Também às vezes escrevo cartas imaginárias. Elas ficam na minha cabeça, especialmente enquanto tomo banho ou em qualquer situação em que seja possível estar só e sem interrupções. Não são cartas fragmentárias, nem *blogs*, não têm *post scriptum* nem querem ter. São cartas que eu gostaria de escrever a algumas pessoas, mas jamais poderei ou terei oportunidade disso. São cartas fictícias, cartas que não podem existir, cartas que servem, talvez, apenas para desobstruir canais, deixar que ideias e pensamentos fluam, assim como sentimentos e soluções. Escrevo cartas mentalmente, às vezes, se for no banho, falo baixo um texto que começa com um vocativo e segue com meus segredos, coisas que provavelmente jamais poderei dizer, mas gostaria. Algumas vezes choro ao "ler" essas coisas, porque elas desanuviam, expurgam, depois somem com o vapor no espelho. Uma carta ao meu pai, que jamais lerei no dia do seu enterro; uma carta à minha tia já falecida, carta póstuma, atrasadíssima; uma carta ao meu filho, que não precisa conhecer a mãe com tanto detalhe; uma carta a mim mesma, de envio impossível, me dando dicas sobre o que não fazer quando eu tinha vinte e poucos anos, uma carta também a mim no futuro, fazendo perguntas que talvez eu tenha tempo de encontrar respondidas numa gaveta entreaberta. Hoje eu quis escrever uma carta ao meu país. Não sei se ele a leria, já que não tenho me sentido cuidada nem como professora, nem como cidadã, nem como pessoa que quer se aposentar com dignidade, ou mais que isso. Quando dizem *dignidade*... desconfio muito do que virá. Por ora, vou pensar numa carta sem tinta, sem papel, que evapore com a água do banho, mas consiga desobstruir sensações e esperanças.

PASSEIO PELOS MEUS QUARTOS PRÓPRIOS

Andei pensando na sucessão de quartos próprios que pude ter na vida, o que também me leva a rememorar a dificuldade de ter privacidade e tranquilidade em qualquer um deles. É claro que me refiro às tentativas persistentes de ser uma pessoa que escreve, ou melhor, uma mulher que escreve, e faço questão aqui de estender isso a todos e a todas os/as que produzem textos de maneira regular e sistemática, sejam eles dissertações de mestrado, poemas que um dia serão livro, poemas em cadernos secretos, crônicas ou romances, diários com cadeados. É justo para evitar que o nome *escritora* sirva para revestir somente a romancista bem-sucedida, e sabe-se lá o que é isso.

Quarto dividido

Comecei pelo quarto de dormir, dividido com a irmã, em uma casa ampla num bairro de classe média baixa na capital de Minas Gerais. Havia uma mesa para cada uma, presente da mãe que, com isso, buscava nos incentivar aos estudos. Ter um tampo, uma cadeira e um abajur faziam parte do melhor cenário possível para pessoas que precisariam ler, anotar, copiar, escrever e reescrever. De madeira maciça e mármore pesado, as mesas fazem parte do mobiliário da casa até hoje e têm o simpático nome de *escrivaninha*, objeto de luxo em muitos outros contextos. Assim é que, no quarto das meninas e no dos meninos, não tínhamos penteadeira ou toucador, mas, além das camas, um móvel que, se não convidava, ao menos permitia certo conforto para os estudos.

Posso dizer que aproveitei mais do que minha irmã as funções da escrivaninha. A despeito disso, nunca a quis tirar do conjunto da mobília da casa de meus pais. Está lá, sólida feito outros móveis que duram décadas. Não sei mais qual era a minha, pois as duas eram cópias umas das outras, mas lembro muito bem da serventia que teve. O que fiz, muitas vezes, foi deslocá-la de seu lugar, em especial quando minha irmã e eu deixamos de dividir o quarto em decorrência de quizilas que aqui saltarei. Daí em diante, o quarto foi sendo colonizado pela função leitora: ganhou estantes, mais estantes, até que ficasse irrespirável.

"Dependência de empregada"

O segundo quarto próprio vem desde aí. Um dia, notando que o escritório nascia e o dormitório se desintegrava, tive de considerar a mudança para outro espaço. À época, o cômodo a que chamavam "dependência de empregada", sem qualquer uso que o justificasse, saltou-me aos olhos como um grande desperdício e resolvi tomar aquele lugar. Não me lembro como, fiz minha mudança pelas escadas, levando mesas, cadeiras, estantes e papelada, feliz da vida com a possibilidade de um recanto, meio esquecido, próximo da cozinha, onde eu poderia passar as noites lendo e escrevendo à máquina, sem incomodar tanto os parentes ao redor.

Esse quarto era um tanto menor do que o meu, mas infinitamente mais disponível. Sem irmã, sem som alto, sem conversa, sem cama, sem roupas, podia ser convertido em uma espécie de ilha deserta paradisíaca. Tinha porta, chave e entrada para um banheiro. Tasquei ali um adesivo que selava minha propriedade e me enfurnei por lá. Administrei, então, a reclamação da vizinha da casa ao lado, que não apenas ouvia minha bateção madrugada adentro, como também se ressentia da minha luz acesa que dava direto em seu quarto de dormir. A providência, tirada já do meu bolso, foi mandar pendurar umas persianas azul-escuro e evitar a máquina à noite, o que mais tarde foi muito suavizado e libertador pela chegada de um teclado de computador.

Os primeiros poemas, assim como os trabalhos de graduação e a dissertação de mestrado, foram escritos nesse cômodo, que tinha um pouco de cheiro de mofo. Nele eu tinha um número de telefone fixo só meu e podia escrever sem grandes perturbações, exceto, às vezes, por uma chamada para o café ou o lanche. Talvez tenha sido meu auge como dona de quarto próprio, mas disso eu só tomaria consciência muito depois.

Um corredor embaixo da janela

Saí desse microparaíso para morar num apartamento minúsculo e populoso: eu, um homem adulto e um recém-nascido (e às vezes os sogros). Obviamente o espaço para a escritora minguou drasticamente. Meu escritório passou a ser então um corredor entre uma sala e dois quartos, embaixo de uma janela, de onde ao menos eu podia admirar a vista à noite, lá do oitavo andar, no alto do morro. Todos se esbarravam, todos se chamavam, o bebê chorava, eu empurrava o carrinho com os pés (aquela clássica cena), o homem demandava mais do que o pequeno. Foi assim que escrevi uma parte da minha tese, a mesma que depois me permitiu pagar inúmeros boletos.

Outro quarto dividido

Depois de alguns meses com a mesinha num corredor (uma outra mesa, mais ampla), me mudei para um apartamento escolhido a dedo justamente pela promessa de que um dos quartos pudesse ser um escritório. Novamente, populoso demais para o objetivo: num cômodo pequeno, duas mesas, várias estantes, um armário, duas cadeiras. Dividir escritório é a prova dos nove. Se é muito difícil compartilhar a mesma casa, imagine-se o escritório, para quem precisa de silêncio, concentração e dedicação. Obviamente, a situação não era fácil, mas foi devidamente contornada pela paciência e pelas esperanças tolas que uma mulher tem aos trinta anos. Hoje sabemos: a escritora poderia ter morrido ali.

Uma sala para dois

Na sequência, agora uma sala se tornou escritório de dois, com tudo o que isso pode representar quando as pessoas não se respeitam profundamente. Mudanças para lá e para cá, separações de mesas, um aqui e outro ali, os dois de novo, conforme a vida obrigava. Foi quando, depois de um divórcio e num segundo casamento, finalmente mandei construir um cômodo novo, o famoso puxadinho, bem colado à casa velha, onde achei que teria o sossego necessário à sobrevida não apenas da escritora, mas da professora, que é outra profissão que demanda muito entendimento de quem circula ao redor. Geralmente em vão.

Puxadinho

O quartinho novo ganhou estantes, recebeu uma velha mesa, uma poltrona de leitura, um tapetinho, centenas de livros e bibelôs. Porta com chave, todo um arsenal para intimidar a entrada dos distratores: placas de *silêncio* em mais de dez idiomas, placas de *não entre*, cones alaranjados, fitas zebradas. Com alguns anos de experiência, posso afirmar: nada funciona. Todos os motivos vêm dar à beira da ilha e a todos os pedidos tenho de atender. O quarto, finalmente, é próprio, mas não é todo meu. É aí que está o pulo do gato (sem rabo). Se tapamos um buraco, as coisas escapam e acontecem pelo outro. Trolls, gnomos, toda sorte de seres que insistem em aparecer, pular, brotar.

Agora uns ajustes à ideia original: além de uma boa grana para pagar os boletos (parte geralmente menos lembrada do manifesto da escritora inglesa Virginia Woolf), um quarto, todo seu, com uma espécie de campo magnético repelente, se possível, seria legal. Ou fiquemos com a eterna zoeira da vida de uma mulher, quem sabe com fones de ouvido, quem sabe apenas cultivando uma angústia; ou talvez desistindo mesmo e indo jogar a pelada da terça-feira com aquele time de ex-escritoras, agora que o futebol feminino tem até bom patrocínio.

EXÍMIO DATILÓGRAFO

DATILÓGRAFO

Meu avô foi jovem, minha avó também, mas não os conheci assim. Só me lembro deles de cabelo branco ou daquele clássico pintado de uma cor inverossímil das mulheres da geração dela. Meus pais também foram jovens, e ainda eram quando eu nasci, mas não me lembro de considerá-los jovens em algum momento. Eram pai e mãe, trabalhavam fora quase o dia todo, me pareciam grandes e ameaçadores, em especial ele. Sempre foram muito maiores do que eu, que me media, às vezes, em relação ao tamanho da geladeira na cozinha, um refrigerador azul, cor de eletrodomésticos nos anos 1970. Um dia ultrapassei a geladeira e passei a achar que talvez também alcançasse minha mãe na altura. Meu pai, não. E não deu mesmo. Com o tempo, no entanto, eles foram ficando mais velhos e menos ameaçadores, em especial ela. Aos quase 80, talvez se possa dizer que vão ficando frágeis, coisa com a qual não sei lidar e que é ainda difícil de imaginar.

Há muitas coisas que nossos pais foram e que não conseguimos entender. São ininteligíveis. Como são meio indecifráveis os idosos em que eles se tornam e com quem também não sabemos lidar. Dizem que meu pai foi um jovem boêmio, e isso ele jamais deixou de ser. Que era bom nos estudos, que trabalhou desde muito novo, que construiu ele mesmo sua primeira caixa de engraxate e que sempre gostou de dirigir. Nisso tudo, a caixa de engraxate me soa como uma relíquia. Dizem que minha mãe tomava conta de todos os irmãos mais jovens, que trabalhou para pagar os estudos de graduação e que foi, um dia, professora. É inimaginável, para mim, que ela fosse professora, como eu me tornei. Mas, pensando bem, ela teria sido uma baita docente, talvez um pouco rígida demais, mas certamente elegante e eloquente. Ele, de engraxate, passou a várias coisas, até que resolveu, contra tudo, fazer medicina. E conseguiu, porque quando a inteligência se junta às políticas públicas costuma funcionar. Pode ser que dê. E deu. E minha avó, mesmo quase não tendo estudos, tinha certeza de que a mudança era por aí. Como ela sabia? Não sei. Mas foi o que ela conseguiu para todos os filhos e filhas. No entanto, é bom que se diga: sem as tais políticas, a inteligência pode naufragar.

De todas as coisas que ouço dizer que meus pais foram, e que os fazem parecer outras pessoas, algumas são mesmo insondáveis. Uma delas me encanta, e essa eu vi acontecer: meu pai foi exímio datilógrafo. Em uma época em que fazer um curso de datilografia era uma promessa de futuros possíveis e melhores, o jovem que não conheci se dedicou a aprender o tal asdfg, não sei em que máquina, e de fato precisou disso por muito tempo, em especial enquanto trabalhava no Banco da Lavoura, já extinto faz tempo. Andar com ele pelo centro da cidade é sempre um *tour* que não experimenta apenas o espaço, mas também o tempo: aqui era o Banco da Lavoura, ali era a Sears, ali mais embaixo tinha uma leiteria... Uma cidade quase completamente desconhecida para mim, um traçado igual, mas uma ocupação que ele parece enxergar por baixo das fachadas atuais, como uma espécie de palimpsesto urbano fora do meu alcance. Quando eu cheguei e tomei posse das ruas, já eram a Mesbla, o Banco Real e muitas outras placas que também já se foram e que meu filho provavelmente não pode ver.

O datilógrafo ágil e perfeccionista que meu pai foi manteve um discurso de que era imprescindível na vida fazer um curso de datilografia. Ouvi isso ao longo de parte da minha juventude, mas não obedeci completamente. Ainda era o tempo das máquinas de escrever, e ele percebeu logo que eu me interessava por elas. Entretanto, quando ele me deu o primeiro curso na forma de uma pequena apostila, eu já estava viciada demais nas teclas erradas e tive dificuldade de perder os condicionamentos truncados. Tentei, comecei, mas não rolou. E aí vieram os computadores, os teclados silenciosos, deixei de fazer barulho nas madrugadas, dei conta completamente da vida estudantil e me tornei escritora sem as habilidades datilográficas que ele me sugeriu. Passou. Mas ainda hoje fico encantada ao vê-lo digitar com precisão, sem olhar o teclado sequer por um momento, exímio que ainda é em muitas coisas que ele recolheu na juventude e nunca mais esqueceu. De cá, vendo-o digitar para enviar e-mails e outras coisas que aprendeu na travessia do tempo, penso que ser datilógrafo é como esticar até aqui uma época que só existe porque meu pai está vivo. Com ele, a datilografia continua uma arte do movimento e da precisão. Um pouco invejosa, assisto a isso pensando que o tempo não se escreve mesmo apenas para a frente. É só olhar para nós quando estamos todos na mesma sala: ele, eu e meu menino; entre nós, um exímio datilógrafo que escreve também nas telas, uma catilógrafa de computador e um rapazote que se aliena no *touchscreen*.

DE PRÓPRIO PUNHO

Estranhei muito na primeira vez que escutei a expressão "de próprio punho". Parecia que eu ia bater em alguém. Não era bem o caso. Foi numa situação bancária, dessas bem burocráticas, e eu devia escrever algo bem breve, mas com minhas mãos. Na verdade, o que importava era a autenticidade da minha caligrafia, que à época ainda era mais fluente e firme. Depois dos teclados de computador, ela rateia bastante. Minha letra, hoje, tem uma espécie de bipolaridade: dia sim, dia não, trêmula e firme, forte e fraca, mais rotunda e mais cheia de arestas. Na época do episódio com o banco, que, se não me engano, dizia respeito a fechar uma conta (que eu jamais quisera abrir, aliás), o negócio era escrever com minha mãozinha, expressando minha letra e minha assinatura, que são só minhas, segundo confiam as perícias e polícias científicas.

É claro que já escrevi muito mais de próprio punho ou, numa palavra mais bonita, manuscrevi (prefiro a mão ao punho, embora ele também seja usado na tarefa). Mas isso não é um feito individual. Em larga medida, é social. Muita gente sente o mesmo que eu, isto é, escreve bem menos usando as mãos, ou melhor, empregando algum tipo de tecnologia (lápis, caneta etc.) para escrever por meio de grafite ou tinta ou giz ou carvão ou sangue e o que mais. É importante lembrar que ainda há gente que não sabe escrever neste país, neste planeta, mas muita gente sabe e tem um combo de tecnologias mais ou menos à disposição para isso. Sou dessas pessoas privilegiadas que têm várias possibilidades, e uma delas nunca deixou de ser o uso das minhas mãos. Ainda hoje, são elas que batucam meu teclado de computador ou que tocam suavemente duas ou três telas sensíveis. Mas não expressam mais a minha letra. No lugar, aparecem Times New Roman, Arial, Calibri e mais uma centena de "letras" à minha escolha. Eu e Deus e o mundo.

A despeito desse rol de chances e ferramentas para escrever, o manuscrito nunca deixou de pintar aqui e ali, muitas vezes como obrigação. Na escola, por exemplo, até hoje ele é soberano. No Enem também. Curioso, não? Fico pensando em que espaços e ocasiões ainda uso minha letra. Olhando ao redor, na minha casa, minha letra está em espaços muito delimitados e específicos: bilhetes. Eles estão principalmente na cozinha, em especial na porta da geladeira, a fim de manter a comunicação com meus coabitantes sempre muito esquecidos ou relapsos. Mas também há bilhetes em *post-its* na minha mesa do escritório, textinhos em garranchos por meio dos quais me comunico comigo mesma, a evitar um comportamento esquecido e relapso. E há uma dinâmica diversa nisso. Os recados de geladeira estão lá faz tempo: "Nunca colocar comidas diferentes no mesmo pote", "Não pôr o frango na gaveta de cima sem um prato por baixo", para alguns exemplos. São regras meio fixas que devem ser lembradas sempre ou que se explicitam *ad hoc*, a depender da porcaria que os outros fizeram. Daí as regras nascem: depois de avaliações negativas e efeitos desastrosos. Na parede, diante da máquina de café, "Favor retirar a cápsula usada da máquina, pelo amor de

Deus". O "pelo amor de Deus", até em outra cor e com mais pressão, foi feito depois da constatação de que o "por favor" não surtia efeito algum. O apelo a Deus parece ter feito os devidos ajustes.

No escritório, costumo ser mais suave comigo mesma, mas também muito mais lacônica, a ponto de nem eu me entender, se passar o tempo. Por agora, são estes: "entrevista Hallewell, ver", "IPTU porcaria", "senha do SEI da UFRN", "prestar contas ANPOLL", "atenção estorno Gol cartão", "Vanessa *cards*, Paula contas, lista Núdia" (e não sei mais a que se refere esse último). Em todos os casos, vai minha letra, menos e mais redonda, a lápis e a tinta azul, em *post-its* rosa-choque colados precariamente e todos com destino à lixeira em breve. Justo porque eles funcionam como lembretes de tarefas e coisas que devem ser vencidas e, claro, substituídas por outras, num fluxo infinito, às vezes ansiogênico, com que a maioria dos adultos (e mais ainda as adultas) precisa conviver.

Meu namorado escreveu um livro inteiro manuscrito, nos anos 1990, bem no início. Ele guarda os originais de papel. Quase quatro décadas depois, quando pensa em rever o material e republicar, quem sabe, precisa pensar sobre as enormes mudanças que atravessamos em termos de leitura, escrita, possibilidades, tecnologias e práticas de ler, escrever, ouvir e assistir. Acho que escrevi um livro ou dois com minhas mãos, depois os bati a máquina e nunca mais precisei fazer isso. Quase não tenho originais manuscritos, mas tenho vários impressos. As formas de escrever mudam, as necessidades também, e o resultado é um elenco complexo, em que nada dispensa nada, a depender da tarefa ou da importância das coisas ou de suas funções, claro. Alguém se lembra do cheque? Agora, em janeiro de 2024, um cartório me deu a possibilidade de pagar algo com cheque. Na hora, além do estranhamento e de me lembrar que ainda carrego um resto de talão na carteira, fiquei em dúvida se ainda saberia preencher. Cheque já foi exercício em livro didático, pasmem. Na atualidade, tive de debater com meu filho para que ele abrisse uma conta bancária "normal", isto é, que lhe desse a possibilidade de tirar dinheiro vivo em um caixa eletrônico, coisa que a maioria dos bancos digitais não permite. O garoto entendeu e cedeu, mas não sei se já precisou de cédulas. Há de precisar, porque vive me pedindo as minhas. Humpf.

A escrita e suas tecnologias incríveis vão se reposicionando, mudando de *status*, numa ciranda interessante e importante que pode ser vista à luz de certa diversidade que encontra suas oportunidades e seus efeitos, aqui e ali. Não adianta muito pensar sempre como se tudo fosse excludente. Estão aí minha farta comunicação por bilhetes, minha gaveta alegre de *post-its* de toda cor, esperando para serem usados, e o cheque do cartório, em que quase tudo já é digital. "Do punho ao *pixel*" não é uma frase filosoficamente correta. O negócio é mais "o punho e o *pixel*".

TIRE A CRÔNICA DA CARTOLA

De vez em quando, preciso ensinar a escrever crônicas. Acho difícil dizer de onde partir, a que se agarrar. Posso começar pela parte teórica, digamos, segundo a qual a pessoa precisa ligar uma antena, um radar dentro de si e ser observadora. Observar quer dizer estar atenta a muitas coisas, todo o tempo, e distraída de outras. Uma vez, ao volante, me distraí do trânsito à minha frente porque fiquei prestando atenção a duas velhinhas gêmeas atravessando a rua. Isso eu via pelo retrovisor esquerdo. Assisti à cena como se fosse um filme. Elas tinham certa dificuldade de dar passos rápidos e precisos (estou chegando à conclusão de que tenho medo desse aspecto da velhice), cambaleavam um pouco, uma ajudava a outra, porque provavelmente uma era mais vivaz do que a outra, se escoravam, falavam alguma coisa que eu não podia ouvir, alguma ranhetice de velhas sem paciência recíproca, mas atravessaram. Nisso, o semáforo abriu e eu fiquei parada, sem saber que meu tempo urgia, até que algum outro motorista tratou de me lembrar, por meio da buzina. Arranquei ainda querendo ver a trajetória das idosas, e um pouco pasma porque só conhecia gêmeas jovens.

Ensinar a escrever crônicas começa, digamos, por tentar ensinar a olhar. Alguém deve se lembrar do texto do Galeano, aquele brevíssimo (que bem pode ser um conto ou uma crônica), em que o menino vê o mar pela primeira vez, mas ainda não sabe olhar, precisa de uma aula de contemplação, um ensinamento mais tangível que organize o olhar, as ideias, os sentimentos, as sensações. Qual é a didática para isso?

Se duas velhinhas gêmeas atravessam a rua em meio ao trânsito caótico da cidade e fazem isso com alguma dificuldade, quem é que presta atenção? Quão banal isso parece? Onde está a crônica, seu nascedouro, sua gênese? A meu ver, estava na travessia ranzinza das velhinhas, mas podia estar na buzina e no sinal fechado, na minha própria distração do trânsito. Provavelmente o eventual cronista no carro atrás escreverá um texto em que conta da motorista distraída do carro da frente. Talvez alguém que eu nem sequer vi tenha algo a dizer sobre a cena de dois carros, dois motoristas, um deles distraído com duas velhinhas gêmeas que atravessam a rua, a buzina, a impaciência, o estresse. Talvez haja alguém na janela de um prédio, vendo tudo de cima, como se fosse uma águia. Ou quiçá uma das velhinhas, a cronista (a menos ou a mais vivaz delas?), resolva chegar em casa, abrir as janelas, ligar um computador já velho, doação do filho, e escrever uma crônica sobre o que é estar idosa a atravessar uma rua movimentada na cidade, como os motoristas são mal-educados, as buzinas e a irmã, que já dá muito trabalho. E talvez fosse nossa chance, leitores de crônicas, de saber mais sobre essas duas mulheres. Não saberemos. Do meu ponto de vista, tudo o que está nelas é só delas. O que estava em mim era uma espécie de assombro, certa empatia, torcendo para que elas chegassem salvas à outra margem.

Ensinar a escrever crônicas não prescinde de exercícios. O olhar é um item importante, mas há outros. Se nos sentarmos todos à porta de casa, ali no alpendre (supondo que ainda moremos em casas térreas de portão baixo), e nos dispusermos a observar a rua por duas horas, que material conseguiremos recolher? Posso suspeitar apenas e escrever uma crônica com minha imaginação, toda ela assentada sobre a vida que vejo passar todos os dias ali, até quando não estou à janela ou sentada no alpendre (aliás, palavra antiga esta). Em duas horas, talvez um sem-número de pessoas passe a pé, indo resolver o que nem imagino, ouvindo músicas de que não suspeito, em fones que foram comprados em viagens ou ganhados de um parente. Muitos carros cruzam as esquinas, alguns se dão bom dia, vários buzinam impacientes, claro, e alguém percebe, de dentro da cabine, que quem dirigia o carro na direção contrária era um ex-amor. Era como encontrar o passado por dois segundos e deixá-lo se distanciar, pelo retrovisor interno. As pessoas talvez se cumprimentem na rua e pode ser que algumas parem para conversar por alguns minutos. Se dermos sorte, conseguiremos ouvir o papo, saber das coisas sobre familiares, doenças, visitas não cumpridas, mortes, mudanças, planos de viagem ao interior. Teremos farto material, e ouvir os outros é mesmo isto: recolher, mas também pode ser transformar.

Ensinar a escrever crônicas talvez passe por capturar uma chispa no ar e dar asas a ela. Não passou ninguém, não me sentei no alpendre, não tenho duas horas de observação ao pé da porta, mas posso imaginar e fazer com que pareça real, uma cena, um cenário, uma conversa de verdade, que provoque sensações e que comova, ou que enraiveça e revolte. O que um cronista quer? Não vou dizer que queira apenas contar uma história ou comentar um assunto. Um cronista quer suspender a vida por uns minutos. Como se ensina isso? A suspender... mesmo que não venham as idosas gêmeas pelo retrovisor, mesmo que elas tenham sido imaginadas, e que estejamos longe de morar em casas com alpendre?

A VEGANA FUTURA

Detesto ir ao supermercado. É o tipo de tarefa, no entanto, da qual não escapo de forma alguma. O abastecimento da casa é uma das minhas incontáveis obrigações de mãe solo, dona de casa de tempo integral etc. Por extensão, também não curto as visitas à padaria, ao sacolão e ao açougue. Este último então só me vê de raro em raro, quando realmente não tem mais condição em casa e já estamos quase nos mordendo uns aos outros (e somos poucos).

Bem, dá que um dia desses tive de passar uns bons minutos no açougue da esquina de casa. Fui de má vontade, mas o negócio era ir antes do Carnaval, momento do ano em que me sinto sitiada e me entoco dentro do mais fundo de casa. Para isso, eu precisava de provimentos suficientes para cerca de uma semana, o que incluía proteínas.

Cheguei, peguei uma boa fila de provedores preocupados como eu, a maioria gente muito mais velha e cheia de exigências quanto aos cortes, à embalagem etc. Meu caso era mais prático. Na minha vez, um dos simpáticos açougueiros (eles dariam uma charmosa banda de música) me olhou nas pupilas e disse: “Querida, já foi atendida?”. Por mais fofos que eles sejam, não gosto de estar ali, então tratei de dizer logo: “Quais carnes suínas você tem hoje?”. Levei uns segundos numa troca de ideias sobre picanha e lombo; optei pelo mais barato, que também era o mais rápido de cortar. Depois resolvi pedir frango, mas aí entramos num acordo sobre desossar coxas; e depois a sobrecoxa, que também pode dar um bom assado. Alguns desses em bifes finos, para renderem mais (dias) e aí duas ou três palavras sobre o frescor daquelas carnes. E mais gente fazendo fila, as exigências, uma senhora furando tudo, as dúvidas, outros simpáticos açougueiros sendo queridos com as demais pessoas, eu paquerando a bancada de legumes logo atrás, um tempero novo, enquanto o rapaz cortava a carne com uma faca quase mágica (em casa, levo minutos brigando com cada nervo).

É bom que se diga que essa cena se passa num bairro de periferia, nada nem parecido com açougues da zona sul ou com a sofisticação das butiques de carne. Contudo, é, na região, um estabelecimento considerado caro. De fato é. Mas vou porque é o mais perto, o mais limpo e o que tem os açougueiros mais ágeis da microrregião. São critérios importantes para uma pessoa apressada, que não acha prazer em fazer as compras do mês, da semana etc. Estou lá.

Mas uma crônica pode nascer da fila do açougue. É o que venho dizendo desde o texto passado e reitero sempre. Enquanto estou parada diante do balcão de vidro resfriado, tentando observar os movimentos precisos e lancinantes do açougueiro que se dedica ao meu lombo, chegam ao meu lado um homem e uma criança. O rapaz deve ter pouco mais de 30 anos e certamente é o pai da meninota de coisa de 7. Ele de bermuda, chinelo, boné, cara de quem obedece a uma ordem expressa da esposa, que ficou em casa preparando o almoço; a garotinha provavelmente saiu de vestidinho arrumado a passear com o pai, que teve a função de tirá-la de casa um pouco, deixar a mãe trabalhar, alívio no falatório, um momentinho de graça e rua com papai trabalhador, assim espero. E eis que começa um diálogo entre os dois, logo que a menina põe os olhinhos curiosos nas carnes penduradas dentro do vidro, bem na sua altura:

— Papai, o que é isto?

— São as carnes que vamos comprar.

— Mas essas carnes são de bichos mesmo?

— São sim. São carnes de boi, porco...

O silêncio dela não era exatamente horrorizado. Ela observava, encarava as peças vermelhas dentro do balcão, sem tocar em nada, mas com um ar de suspeita.

— Papai, mas eles mataram esses bichos todos?

— Sim... mataram pra gente comer.

— Você sabe como eles mataram eles, pai?

— Isso eu não sei...

De certo modo, o pai cortou o assunto ou alguém o interrompeu, talvez o açougueiro fofo. A menina manteve os olhos no que ela enxergava claramente como bichos assassinados. Eu observava a menina como quem vê uma verdade que minha geração não tinha olhos para ver. Não era assim. Ou era exótico demais. Hoje, é a primeira pergunta que a meninota faz, assim que chega ao balcão do açougue, essa experiência nova e impactante. O pai não sabe explicar, e é isso o que eles vão comer no almoço. Boi morto, porco assassinado, frango esquartejado. O cardápio dela é de horror.

De fato, ver aquelas postas grandes de carnes de partes de corpos não é agradável. E vêm junto o cheiro de sangue e azedume, a vermelhidão que suja os aventais daqueles homens, e um deles vem, de vez em quando, e passa um pano no vidro embaçado, a fim de expor melhor e sempre os pedaços de coxa, barriga, lombo. E eu, então, me lembrei do meu horror, quando criança, ao me deparar com cinco línguas de boi penduradas pelo talo, nesse ou noutro açougue próximo de casa. E de quando deixei de comer porco depois de ver um leitão inteiro sendo assado, com seus dentes e seus pelos. Não foi o suficiente para me tornar uma ex-carnívora, mas poderia ter sido. Um espetáculo mesmo, mais legal, é ver essas meninas que fazem as perguntas certas e desafiam os fatos.

ERRO DE MEMÓRIA

Não sei se é sequela da covid. Pode ser. Só tive a maldita gripe depois de vacinada, quando todo mundo já retornava à rotina mais ou menos de antes. Mas uma coisa não voltou: minha memória para nomes. Será que a infecção é tão seletiva assim? Dirão os cientistas que ela é capaz de gostar de nomes próprios e de desprezar os verbos, por exemplo? Uma luta, hoje em dia, lembrar nomes de pessoas com quem convivi, títulos de livros, nomes de autores, atrizes, professores. Um horror. Dá uma angústia danada e fico horas invocada, tentando resolver o problema sem recorrer a uma busca no Google ou a outra prótese qualquer.

Outro dia, percebi que as vítimas não são só os nomes próprios. Lembrar um nome — que aprendi na educação básica como substantivo comum — virou um esforço hercúleo, embora nem sempre envolva músculos e força. Pelejei demais, um dia desses, para lembrar a palavra "eclusa". E é bonita a bicha. Uau! Um nome comum lindo desses e eu não o capturava de forma alguma do pátio da memória. Sabia que a sabia, mas ela não vinha. Senti certas cócegas ao pé da língua, fechei os olhos, apertando-os, como se isso pudesse espremer algum pedaço do cérebro, fizesse alguma circunvolução cuspir a palavra de volta ao palco, mas não deu certo. Até que, horas ou dias depois, num momento de relaxamento dessa tarefa de lembrar, a palavra caiu quicando: "Eclusa". Eu queria me referir à entrada de um edifício, e era isso.

Pior é quando é com gente. Encontrei umas estudantes queridas. Vieram passear no campus, na antiga escola, que odiavam com carinho enquanto estavam lá e agora amam com saudade depois de se livrarem dela. Quem disse que seus nomes me vinham à cabeça? É um teatro danado fingir lembrar, fazer cara de quem não disse o nome porque não quis, chamar de algo mais genérico, tipo "querida" ou "menina!", e essa performance cai bem em professoras experientes. Mas a verdade é que aqueles rostinhos conhecidos, com os quais convivi por mais de ano, não pareciam ter nome próprio depois da covid. E preferi não arriscar, porque errar nome é incômodo.

Num lançamento de livro, a coisa fica feia de vez. Quando o livreiro não colabora ou se esquece de colar aquele *post-it* esperto com o nome da pessoa, eu arranjo jeito mais ou menos despistado de saber o que devo escrever no autógrafo, mas sem dizer diretamente "como é mesmo seu nome?". Para algumas pessoas, isso pode parecer um desleixo indesculpável. O que quero é que essa gente, vítima do meu oco cerebral para substantivos, saiba que não é por mal, é só uma sequela que me afeta a gramática.

Mais de uma vez, tive de recorrer ao celular, naquela googlada acintosa, para rememorar o nome de um ator famoso. E não é coisa assim de Cauã ou Xamã; é não lembrar de Antônio... aí, ó... Capaz de eu lembrar o personagem e não me recordar do sobrenome do homem... Antônio Fagundes! Ou do Lima Duarte, que é quase sinônimo de televisão. Ou da Glória Pires, ícone entre as atrizes. (O esquecimento do Fagundes aqui foi uma demonstração prática e real do que tem acontecido). E se passa o mesmo com escritores e escritoras, talvez personagens e até com gente do meu trato frequente.

Agora, os nomes e as pessoas que a gente quer esquecer, esses o vírus não atacou. Não esburacou a memória de gente de energia ruim ou de trato difícil. Vejo que, além de seletiva quanto à classe gramatical, minha covid foi maldosa, me tirando a companhia de quem eu queria manter e deixando por perto certas malas sem alça. Como diria minha mãe, "vê se eu posso com isso?".

Estou quase arranjando uma camiseta e uns *pins* de lapela com a inscrição: "Erro de memória", quando algo falhar. Na mesma vibe do querido "erro 404", que não há quem não conheça. É quando dá um branco, a página não é encontrada, e pelo menos a gente sente que esquecer tem esse ar moderno de ambiente digital.

CALENDÁRIOS

CALENDÁRIOS

Tenho ao menos dois calendários em casa, que minha avó chamava de "folhinha". Um deles fica na cozinha e lhe arranco uma folha todo fim de mês. Isso costuma me dar prazer, risco um x, um gosto de vingança carcerária. O outro fica bem ao meu lado, na mesa do escritório, e anda todo rasurado, semana a semana. Nele visualizo o semestre inteiro. Hoje, por exemplo, posso ver julho, agosto, setembro, outubro, novembro e dezembro, os três primeiros riscados de marrom escuro, os três últimos apenas com as marcações de feriados (escassos neste 2024) e algumas viagens de trabalho.

O calendário do escritório faz as vezes de agenda, de certo modo. Só de olhar, sei o que passou e o que me espera. Controlo a ansiedade e a sensação de que não darei conta rabiscando-o com marcadores rosa, azul, amarelo e laranja. Minhas férias, por exemplo, deslocadas em relação ao calendário escolar oficial, estão em laranja, cor que acho que escolhi para me animar. Não sei se teve ou terá esse efeito. Os dias em rosa são finais de semana e feriados, chamam mais a atenção do que todos os demais dias, essa roda dentada da qual não conseguiremos escapar nunca. E não conseguimos mesmo.

A folhinha da cozinha serve para a comunicação com outras pessoas. Viagens circuladas de preto, dias em que estarei fora e nos quais precisarei contar com a colaboração de quem fica. Feriados também, a fim de deixar combinado que alguém não virá, que acordarei tarde, que sairei com amigos e amigas. Às vezes, escrevo nas laterais, deixo bilhetes colados, uma lista de compras e outra de tarefas. Eventualmente, dinheiro trocado. Paguem o gás, o motoqueiro vigilante, o cara do mercadinho.

Embaixo da mesa, em um gaveteiro de rodas, está meu *planner*. Ele, sim, mais detalhado, me dá a sensação de que minha vida terá cadência e os compromissos serão honrados. Cores, marcações, adesivos, colagens, anotações, lápis, carimbo, caneta, cola. É um espaço de *patchwork*, retalhos da vida emendados por necessidades, encomendas, desejos, objetivos, mas nada muito determinado. Uma espécie de palimpsesto no qual lápis são apagados por borrachas que deixam borrões, canetas passam por cima de cores, palavras circuladas são escondidas por adesivos de plantas ou de lojas.

No exato momento em que escrevo este texto, setembro está por um fio. Encontros acontecidos, viagens de ida e volta, trabalhos entregues, reuniões finalizadas (geralmente pouco efetivas), férias deslocadas, a promessa de um último dia que cairá numa segunda-feira. O quadrado do dia 30 está quase vazio, não fosse uma anotação a lápis, fraca, sem força, como se eu tivesse dúvida de anotá-la ali, ou não quisesse cumprir algo, ou duvidasse de que fosse possível. Bolas adesivas de cores fortes marcam dias de trabalho com hora marcada, inflexíveis. Algumas foram arrancadas e deixaram marcas no papel. Uma flor, um prédio de São Paulo, um desenho da Frida Kahlo, Garfield comendo um livro, alguns aniversários anotados (dei os parabéns em todos os casos, 100% deles por WhatsApp) e está escrito que uma amiga deve vir a Belo Horizonte. O que isso quer dizer? Que devemos nos encontrar?

Outubro não está visível. É preciso virar a folha, passar a página, deixar setembro para trás, encarar um mês de volta às aulas, de precariedade, novos encontros, novos deslocamentos, uma grande amiga faz anos e o aniversário dos 80 do meu pai. Esse dia vai chegar. É como se passássemos a vida contando. Divertiu-se, exagerou, fumou, bebeu, mas continua aí na marcação dos dias, pensando em festa e em celebração. Esperamos sempre a vida inteira para estar onde estamos, com quem é importante estar. Quantos calendários joguei fora depois de todas as comemorações, de todos os compromissos, de todos os encontros e remarcações, esperas e desesperos? Meu pai só fará 80 anos uma vez. Está lá, anotado, com adesivo de coração, com taças, copos de cerveja, estrela. A festa já começou no calendário, marcada faz tempo, já posso ouvir a música alta. Daqui, espio outubro, parece ainda por acontecer. Logo será passado, irrepetível, embora as folhinhas se pareçam muito umas com as outras. Aparências confortantes, a vida de uma talagada só, sempre única.

Bateu uma melancolia. E ela era também recheada de afeto (eu pensei em escrever "prenhe", mas desisti) e de uma espécie de pena. As palavras no diminutivo frequentam nossas vidas o tempo todo, mas às vezes ficam mais aparecidas, embora não percam o ar de inabituais. É como se, de repente, se iluminassem ou pudessem ser ouvidas na percepção mais evidente de seu exotismo ou deslocamento. E passamos a escutá-las amiúde, com uma frequência estranha e um pouco aterradora. Dá vontade de "corrigir" as pessoas: pode falar normal. Mas não fazemos isso porque o excesso de diminutivos também quer dizer cuidado e carinho, num momento em que isso não pode faltar nem falhar, mesmo que venha de estranhos, e talvez principalmente porque vem de estranhos.

Minha família goza de saúde. Se há algo de que não posso me queixar é disso. A lista de dores da minha mãe somada aos remédios de pressão dos irmãos não chega a fazer nenhum estrago definitivo. Convivemos com isso, às vezes até de modo bem-humorado. E sempre comentamos sobre outros ramos da família quanto ao aleatório injusto da coisa. Os mais comportados sofrem mais e antes, até morrem; os mais transgressores e desobedientes... Esses parece que ganham também certas imunidades, quem sabe até mais vidas, feito os gatos ou os personagens de jogos. Bebeu, fumou, se arriscou e... fez aniversário de oitenta, noventa anos. Como explicar essa longevidade aventureira? Meio contraintuitiva?

Meu pai, fumante inveterado e chegado numa cerveja, fez oitenta anos há um mês. Cheguei a escrever sobre isso antes. Ele e minha mãe são discretos, não gostariam de saber de tanta exposição. Mas para que serve uma filha escritora, afinal, se não para aumentar as coisas? Ou torná-las poéticas onde poderiam ser apenas insossas? Ou para simplesmente registrá-las quando poderiam sumir no nevoeiro esquecido dos dias?

O fato é que torcemos muito para que esse dia dos oitenta anos chegasse. Queríamos festa, música e bebida, mas deixamos para lá. Um laudo médico anterior à data festiva derrubou nossas intenções e encheu o olhar do meu pai, essa fortaleza, de uma preocupação grave. Eles são discretos... Não falam muito sobre o que sentem. Mas nossa indiscrição pode ser salvadora. Os filhos e as filhas precisam se envolver. O laudo provocou o cancelamento parcial dos festejos e ficamos à espera de uma solução. E ela veio na forma de *stents*: um objeto pequeno que se acomoda nos arredores do coração e o ajuda a funcionar. Coisa segura, simples e, na verdade, uma repetição de algo que já acontecera quase duas décadas atrás. Da outra vez foi pior.

Mesmo assim, com uma calma calculada, dia marcado, gente conhecida ao redor, é sempre ruim conviver em ambiente hospitalar. E foi o que fizemos, em escalas e rodízios entre irmãos, a fim de acompanhar o pai, acolher a mãe e aliviar a tensão que sentíamos todos. A morte é um dia que a gente conhece, espera a vida toda, mas não quer ver chegar.

Mas esta crônica não pretende relatar uma internação do nosso pai. Na verdade, ela quer registrar que todas as enfermeiras envolvidas nessa trama só falavam com ele no diminutivo. Para nós, isso causava uma estranheza completa porque ele está longe de ser uma figura frágil, franzina ou vulnerável. Nem sequer quando parecia um pouco abatido chegava a ser digno de um "vou te trazer uma aguinha" ou "põe a mãozinha aqui na cadeira". Nosso pai não tem mãozinha, pezinho ou orelhinha. E as palavras no diminutivo nos lançavam num ambiente de dúvida e de incômodo. O que ele mesmo estaria achando isso? Talvez não fosse o momento de se preocupar. Provavelmente se ria por dentro, achava graça. Minha irmã, observadora e eloquente, fez logo um comentário sobre os diminutivos que não ornavam. Nosso pai, de fato, riu. E começamos nós mesmos a falar palavrinhas, todinhas no diminutivozinho, tratando-o como um doentinho que precisasse de cuidadinho, tornando tudo um episódio passageiro desobrigado, por alguns instantes, da tensão que sentíamos quando o medo da perda rondava aquele box de UTI.

Os diminutivos de hospital viraram uma espécie de piada interna. Enquanto nosso pai se recuperava, já ansioso pelos jogos de futebol da rodada, nós nos lembrávamos de palavras formadas para que o mundo parecesse menos ameaçador, a doença, a cura, a ausência do dono da casa, a sacola com uma muda de roupa, os bipes incessantes dos equipamentos médicos, tudo tão sufocante que, de repente, uma palavrinha ajuda a aliviar tudinho. Todos loucos para ouvir: "Prontinho, o senhor vai ter alta, olha que gracinha!".

ROXO CALMO, AMARELO TRANQUILO

Não sei qual é mais legal: observar os nomes que dão aos esmaltes de unha ou os que dão às tintas de pintar parede, ferro, carro ou madeira. Não sou tão boa em unhas quanto sou em alvenarias, mas lembro do delicado Renda e do voluptuoso Rebu, dos quais talvez eu só tenha, algum dia, usado o primeiro nas pontas dos dedos. Já das tintas de parede tenho muito mais lembranças. Já tive paredes Flamingo, Branco Neve, Branco Gelo, Areia e Amarelo Frevo. E não só. Azul Oceano, Cinza, Vermelho Segurança, Concreto, Castor, Verde Escolar, Alecrim, Preto Fosco, Pérola e Camurça. Não acabou, mas a lista não será exaustiva, a esta hora da madrugada, quando resolvi escrever esta crônica. Sou careta nas cores, como se pode perceber, e o universo delas pode ser muito mais divertido e ousado.

Dois episódios me chamaram a este texto, ambos ligados às paredes, e bem distantes das unhas. Um foi com meu muro externo, esse que abraça minha casa e tem extensa área porque moro em esquina. Muro alto, com pingadeira inalcançável, cerca eletrificada lá nos píncaros, pintado pela primeira vez no distante ano de 2008, parcialmente grafitado uns poucos anos atrás, mas que precisava de retoque na parte que sobrou sem desenho. Resolvi dar o trato agora, em 2024, quando o ano começou e eu achei que renovar as cores ajudaria nas energias. A gente gosta de crer, na falta de outras coisas. E fui lá ter o prazer de escolher tintas, numa loja bem sortida.

Contratei o pintor, pessoa de grande confiança, e cheguei com o galão dentro do porta-malas. Na cabeça sempre vem a história que meu pai conta, de que certa vez carregou tinta no carro e a tampa se abriu. A tampa do galão. E o carro mudou de cor por dentro. Ou de outro episódio envolvendo meu irmão caçula parcialmente envernizado. Mas não haveria de acontecer comigo. Tomei todos os cuidados. Cheguei com a lata invicta, mostrei ao pintor: Vermelho. Ele torceu sutilmente o nariz. Mas Vermelho? Tem certeza? Porque poderia ficar "cheguei". Bom, mas a tinta anterior não era muito mais discreta. Quando pintei, em 2008, escolhi uma cor chamada Castor, um marronzão forte, que fez o maior sucesso na vizinhança. Muro é vida. As pessoas tocavam a campainha para perguntar "que cor é esta do seu muro, moça?", "é Castor!". As pessoas imitam os muros umas das outras. E assim vivi de Castor até outro dia. O que passou a incomodar foi que o sol tratou de tornar o marrom em alaranjado, borrado, queimado, gasto, além de as intempéries lascarem a parte de baixo do muro, que ficou descascado e sujo. As coisas se deterioram, como sabemos, e o muro dá à casa certo ar de vetustez e até abandono. Não pode. Junta-se dinheiro, porque a coisa sai cara, e vamos nós trocar o Castor pelo Vermelho. O bom é que as cores mais básicas e clássicas não saem de catálogo, e às vezes nem de moda.

Com o passar das horas, e o trabalho do pintor, uma cor foi cobrindo a outra e as pessoas começaram a tocar a campainha novamente: "Que cor é esta do seu muro, dona?", "é Vermelho". Mas não é desse vermelho Ferrari que a gente pensa quando pensa em vermelho. É fechado, elegante, sério. E dá muito certo em muros, como talvez não desse em outros cantos. Estamos nós de muro renovado, sem prejuízo do grafite, lá do outro lado, um santo protetor da pintura nova, porque esses artistas são respeitados nas redondezas e além.

Mas isso não fica por aí. Outro dia voltei a uma loja de tintas para comprar latas e galões, agora para paredes internas. Que trabalheira escolher entre aquelas centenas de cores semelhantes, algumas muito iguais às vizinhas, de maneira que eu chegava a duvidar dos meus olhos. Pensava, enquanto tentava escolher: "Será que meu cachorro enxerga essa diferença?" Porque eu certamente não enxergo. E topei com Chuva de Prata, Coala, Sol da Meia-Noite, Açúcar Queimado, Boneca de Pano, Acelga, Jacaré, Imensidão Azul, Esconderijo Misterioso (esta eu adorei), Fundo do Mar e centenas de outras que já se foram da minha memória, mas causaram espécie quando li. E foi tão divertido, que comecei a ler o catálogo de cores como se fosse um livro de poemas: versos e mais versos ilustrados por uma nesga imprecisa de uma cor que, certamente, será outra na minha parede. Isso nunca é confiável demais.

Bem, perdendo tempo na loja e com a paciência já em frangalhos, resolvi abreviar. Já que meus olhos não distinguiam tantos tons e os nomes poéticos não me ajudavam muito, decidi confiar nos adjetivos e em seus possíveis efeitos. No final das contas, foram para o caixa comigo as cores Roxo Calmo e Amarelo Tranquilo, que se não combinarem nos tons, têm tudo a ver na semântica. Obviamente não as meti nos mesmos ambientes, mas posso afirmar, com o aval do pintor, que deram muito certo. Só não vou atender à campainha porque, afinal, a vizinhança não terá chance de vê-las.

Uma amiga, curiosa com minhas escolhas (de marcas diferentes), perguntou se Amarelo Tranquilo era tipo Amarelo Bebê. Não é, fui taxativa. Não é mesmo. Está mais para um amarelo macio, com jeito de nuvem e textura seca. Inexplicável. Mas é tranquilo mesmo na parede, só não entendi ainda se tranquiliza. O Roxo Calmo também é inexplicável, mas dá uns ares de cinza, às vezes, e outros de lilás, dependendo do horário. E se for para associar à poesia, lembrei de outra amiga que ama a Adélia Prado e tem até uns versos da poeta tatuados no braço. Lá no poema, a voz lírica diz que vivia em uma casa alaranjada que vivia permanentemente amanhecendo. De cá, com minhas cores, resolvi que tenho umas paredes que amanhecem e outras que anoitecem, direitinho, bem adelianas, mas em outro fuso.

Esta obra foi composta em Literata 10,5/14 e Arzachel 10/13,5
e impressa em papel Offset 90g
para a **Parábola Editorial** em maio de 2025.